T0178889

Momoko y la gata

Momoko y la gata

Mariko Koike

Traducción del japonés de
Gabriel Álvarez Martínez

Lumen

narrativa

Papel certificado por el Forest Stewardship Council®

Título original: *Hitsugi no naka no neko*

Primera edición: febrero de 2020

© 1990, Mariko Koike
© 2020, Penguin Random House Grupo Editorial, S. A. U.
Travessera de Gràcia, 47-49. 08021 Barcelona
© 2020, Gabriel Álvarez Martínez, por la traducción

Printed in Spain – Impreso en España

ISBN: 978-84-264-0591-3
Depósito legal: B-5264-2019

Compuesto en M. I. Maquetación, S. L.
Impreso en Egedsa (Sabadell, Barcelona)

H 4 0 5 9 1 3

Penguin
Random House
Grupo Editorial

Momoko y la gata

De pronto se oyeron los maullidos de un gato.

Yukiko dejó de fregar los platos y echó un vistazo por la ventana de la cocina. En el jardín trasero, debajo de un cerezo de ramaje no demasiado bonito, estaba sentado un gato andrajoso. El animal la miró en medio de la lluvia de pétalos y soltó un maullido agudo y cristalino.

Era un gato adulto al que nunca había visto por la zona. Estaba manchado de un color parduzco, como si hubiera pasado mucho tiempo vagabundeando. Tenía barro seco pegado detrás de las orejas, y le colgaba en forma de bolitas apelmazadas.

—¿Tienes hambre? —le preguntó a través de la ventana.

En medio de la luz primaveral, el gato parpadeó con sus grandes ojos azulados y bostezó abriendo mucho el hocico.

Yukiko sacó el envase de leche de la nevera, la vertió en un platito y abrió con cuidado la puerta trasera. Desconocía si a la dueña de aquella casa, Masayo Hariu, le gustaban los gatos. Hacía justo cinco años que había empezado a trabajar para ella encargándose de las tareas del hogar. Jamás habían hablado sobre gatos. Entre otras cosas, porque Masayo siempre estaba encerrada en su taller y nunca se habían puesto a charlar.

Puede que la dueña la regañase si la viera haciendo aquello. Nerviosa, Yukiko prestó oído al interior de la casa. El taller se encontraba en silencio y nada parecía indicar que Masayo hubiera salido de allí.

Al posar el plato de leche frente al animal, este lo olfateó dubitativo y, al rato, por fin empezó a beber con ansia. Aunque estaba todo sucio, parecía sano y tenía el pelaje bastante lustroso. Además, tampoco estaba demasiado delgado. Con un poco de champú y un lazo en el pescuezo, podría resultar tan primoroso como cualquiera de las mascotas que se contoneaban por el barrio.

Tras terminar hasta la última gota de leche, el gato se relamió el hocico y levantó la cabeza para mirar con el cuello ladeado a Yukiko, como queriendo saber qué iba a recibir acto seguido. Era la misma expresión de quien ha terminado de tomarse la sopa y abre un menú.

Yukiko sonrió sorprendida y volvió a la cocina. Abrió el frigorífico, sacó una loncha de jamón cocido y, tras pensárselo un momento, cogió una lata de pescaditos secos. Le hacía ilusión. Desde que era niña, no podía encontrarse un gato o un perro callejeros y pasar de largo. En una ocasión, siendo estudiante de secundaria, llevó al veterinario un gato salvaje ensangrentado al que había atropellado un coche y logró salvarle la vida.

Yukiko se acuclilló con el mandil remangado, rasgó el jamón en tiras y se lo dio al gato. El animal engulló todo en un abrir y cerrar de ojos y, fijándose de inmediato en la lata de pescaditos, emitió un ligero ronroneo.

Ella abrió la lata y sirvió cinco o seis pescados en el platito. El gato empezó a comer con fruición y chasqueando la lengua. Tenía levantada la cola, larga y hermosa, y la movía con precisión de un lado al otro, igual que un metrónomo marcando el ritmo.

Era una pena que no pudiera quedárselo y criarlo. Acababa de casarse, y en el edificio donde vivía con su marido estaban prohibidas las mascotas. Además, él, que trabajaba en una pequeña tienda local de fotografía, detestaba los animales.

Masayo Hariu vivía sola, pero era poco probable que quisiese adoptar aquel gato sucio. Pese a tener cincuenta y cuatro años, el reuma de sus piernas se había agravado hasta tal punto que le costaba desplazarse por el taller. Si le pidiera que, por favor, se quedase con el gato, sin duda su patrona la fulminaría con una mirada glacial.

Yukiko le acarició suavemente el lomo. Los pétalos de cerezo no cesaban de caer sobre aquel lomo sucio. La brisa le llevó un tenue olor a mar. Era una tarde cálida y soñolienta. «Cómo me gustaría poder echarme una siesta a la sombra del cerezo con este gato cochambroso», pensó conteniendo un bostezo.

—¿Qué pasa, Yukiko? —dijo de repente una voz a su espalda.

Al levantarse del susto, la lata de pescaditos cayó de su regazo y chocó contra el suelo. El gato retrocedió con el cuerpo en tensión.

Masayo Hariu miraba a Yukiko desde el umbral de la puerta trasera. Debía de dolerle la pierna, porque estuvo un rato frotándose la rodilla derecha por encima de la falda larga de tela guateada.

—No pasa nada. —Yukiko hizo como que se sacudía el polvo del mandil, aun cuando no era necesario, y recogió la lata—. Es que hay un gato... Pero lo espanto ahora mismo.

Masayo se quedó callada. La chica recogió el platillo vacío y se lo metió deprisa en el bolsillo del mandil creyendo que la señora le reprocharía que diese de comer a los gatos callejeros, porque acaban por instalarse y, cuando una menos se lo espera, la zona de debajo de la galería exterior de la casa se llena de crías.

—Es un gato callejero, ¿no? —Masayo estiró el cuello y echó un vistazo al exterior.

—Solo es un gato sucio —respondió Yukiko al tiempo que se acercaba a la puerta de la cocina—. Estaba lleno de barro... Debe

11

de haber andado correteando bajo la lluvia. Disculpe. Enseguida acabo de fregar los platos.

Masayo se quedó un buen rato mirando fijamente al animal.

—¿No había una lata de *corned-beef*? —soltó de pronto.

—¿Mmm?

—Deja los platos para luego y ábrele la lata de carne, por favor.

—Pero..., señora...

—Pobrecillo —dijo Masayo mirando al gato con ternura. El animal le devolvió la mirada y se sentó derecho, como un huésped acomodado de rodillas sobre un cojín—. Yukiko, ¿podrías encargarte de lavarlo?

—¿Lavarlo?

Masayo asintió.

—Lávalo una vez que se haya comido la carne, haz el favor. Te doy permiso para usar la bañera.

A Yukiko se le iluminaron los ojos.

—¿Va a quedárselo, señora?

—No he dicho nada de eso. —Masayo sonrió brevemente y se dispuso a cruzar la cocina arrastrando la pierna mala—. Bastante he tenido ya en mi vida con los animales. Pero me da no sé qué ver una criatura sucia y con hambre. Lávalo, sécalo y luego, adiós muy buenas. Si está limpio, puede que alguien lo recoja.

Yukiko asintió y miró al gato, que permanecía allí quieto como si estuviera entendiendo la conversación. Puestos a lavarlo, podía quedarse ya con él, pensó ella, pero no lo dijo en voz alta.

Estaba acostumbrada a lavar gatos. En la casa familiar, su abuela había recogido y cuidado a menudo mininos abandonados, porque le encantaban. Si se los dejaba sueltos, enseguida se llenaban de pulgas. La función de Yukiko siempre había consistido en lavarlos a fondo con champú antipulgas. De vez en cuando, alguno agresivo le llenaba los brazos y la cara de arañazos, pero el rencor desaparecía al ver la facha lastimosa que presentaba recién lavado. Le hacía gracia verlos empapados, lamiéndose el pelo y secándose al sol primero, y con el pelaje esponjoso más tarde, como la ropa cuando se lava con suavizante.

Yukiko abrió la lata, dio la carne al gato y, en cuanto este terminó de comérsela, lo cogió con suavidad en el regazo. Pensaba que se resistiría y huiría, pero, contra todo pronóstico, el animal se mostró manso.

Lo llevó a la bañera y lo mojó con el agua tibia de la ducha. El gato se puso un poco tenso, pero no le clavó las uñas.

A medida que la mugre se iba con la espuma del jabón, a Yukiko se le abrían cada vez más los ojos. El pelaje del gato era blanquísimo. Todo su cuerpo era blanco como la nieve, sin una sola mancha o sombra de otro color. Al aclararlo con agua, se fijó en que incluso la zona detrás de las orejas donde se le habían formado bolitas de barro seco era de un blanco puro.

Yukiko comprobó que el gato era en realidad gata y la llamó Shiro-chan, «Blanquita».

—¿De dónde ha salido esta princesa con este pelo tan bonito?

Tras aclarar todo el jabón, la secó rápidamente con una toalla y le pasó el secador a baja intensidad. La gata seguía dejándose hacer.

Una vez que tuvo el pelo seco y el aspecto de una liebre blanca, Yukiko la levantó en brazos y la llevó hasta la puerta del taller. Quería enseñarle a la señora aquella hermosura. A lo mejor, ante tanta belleza, se quedaba arrobada y se animaba a acogerla.

—¿Puedo pasar? —dijo tras golpear la puerta con los nudillos y llamar a la señora.

Una voz ronca le dio permiso. Yukiko giró el pomo y entró.

Masayo estaba de espaldas a ella, sentada en una silla giratoria desde la cual admiraba el océano, que, como en una foto panorámica, se extendía al otro lado de un gran ventanal. El mar resplandecía en su totalidad a la luz de aquella tarde de primavera; un gran remolino centelleante trazaba multitud de pequeños círculos irisados en las paredes y el techo del estudio.

Junto a la silla había un cuadro a medio pintar apoyado sobre un caballete enorme. Los pinceles, la paleta y los óleos estaban desparramados por el suelo, aunque, como de costumbre, nada indicaba que se hubiesen usado. Como pintora, y pese a todos los prestigiosos galardones de bellas artes que había recibido, Masayo Hariu pasaba la mayor parte de los días en aquella acogedora casa, con la mirada perdida en el mar de la península de Izu. Muy rara vez..., quizá una al año o ni siquiera eso..., encaraba el lienzo como poseída por una fuerza incontrolable, y en menos de lo que canta un gallo terminaba una obra de envergadura. El resto del tiempo, sin embargo, no hacía más que observar desde la silla de su taller cómo el sol salía por el mar y se iba poniendo en el extremo de las montañas.

El reuma no debía de ser el único motivo por el que no conseguía pintar. Siempre había sido una señora callada y mohína, pero saltaba a la vista que los últimos seis meses esa tendencia había empeorado. No era raro que se pasase el día entero sin pronunciar una sola palabra. Yukiko se dijo que debía de andar con el ánimo bajo. Tras cinco años a su lado, era capaz de detectar enseguida esas cosas. De su madre había aprendido que todas las personas que se dedican al arte tienen, en mayor o menor medida, esa propensión. Pero, aun siendo una cuestión ajena, los últimos cuatro o cinco días la señora había empezado a dejar en el plato más de la mitad de las tres comidas diarias, y no podía sino sentirse preocupada por ella.

Masayo no hizo ni un solo gesto cuando Yukiko entró en el taller. Parecía haberse olvidado ya de la gata.

—Señora —la llamó Yukiko—. Fíjese en la gata... Mire qué limpia ha quedado.

Masayo giró despacio la silla, como en una película a cámara lenta, y miró de frente a Yukiko. Sus ojos parecían azulados como si, a fuerza de contemplar el mar tanto rato, proyectasen el color de sus aguas.

Yukiko levantó a la gata en brazos y se la acercó para que la viese mejor. Los ojos de Masayo captaron al animal y, durante un instante, se quedaron inmóviles.

Sus manos flacas se asieron al reposabrazos. Se la oyó tragar saliva varias veces, como engullendo algo duro. Una bruma nubló sus ojos y acabó por cubrirlos de blanco, como si estuviese enferma de cataratas.

Yukiko sintió una desazón repentina. De pequeña había oído contar a su abuela que un anciano murió asfixiado al tragarse su propia lengua. No estaba claro que aquello fuese cierto, pero el rostro de Masayo tenía el mismo aspecto que ella había imaginado en el anciano de la historia.

Poco después, sin embargo, un rayo de luz empezó a brillar en aquellos ojos nublados. Era como la luz oblicua del sol penetrando la niebla de un bosque en el intento de disiparla e inundarlo todo con su foco dorado.

—Lala —murmuró la señora—. Lala. ¿Eres tú, Lala?

Se levantó haciendo rechinar la silla y cogió a la gata quitándosela casi de las manos a Yukiko. Luego le envolvió la cara con la mano y el animal le lamió los dedos. Masayo se sorbió los mocos mientras abrazaba a la gata y hundía la cara en su lomo blanco.

Yukiko se sorprendió al darse cuenta de que la señora estaba llorando, ya que no era una persona de lágrima fácil. Al menos no era la clase de persona que se echa a llorar abrazada a una gata delante de terceros.

—Yukiko, ¿cuántos cumples este año? —preguntó levantando la cara, pero sin dejar de mirar al animal.

—Veintisiete —contestó Yukiko, aún perpleja por lo inesperado de la pregunta.

—¿Tantos ya?

—Sí. Ya llevo cinco años trabajando para usted. Mi madre insistía al principio en que no valía para servir a una artista famosa. Decía que no sabía hacer las tareas del hogar. Pero ya han pasado cinco años y...

—Voy a contarte algo que me ocurrió cuando era más joven que tú. —Masayo interrumpió delicadamente las palabras de Yukiko. La chica se calló.

A lo lejos se oía el tenue rumor del oleaje. La pintora acarició la cabeza a la gata, y su nariz tembló cuando se mordió el labio.

—Yo... acababa de cumplir los veinte. Había una gata idéntica a esta. Y se llamaba Lala. Pertenecía a una niña pequeña. Era blanca, suave, mansa, muy buena. Justo como esta. Te juro que son clavadas. De hecho, pensé que era ella. Que Lala había resucitado. Me he llevado tal sorpresa que casi me da un vuelco el corazón.

Masayo miró a la gata. El animal observaba el mar por la ventana con aire de asombro cuando, de pronto, empezó a retorcerse molesta entre los brazos de la señora. Al soltarla, la gata saltó sin esfuerzo al taburete que había junto al ventanal y, colocándose hacia la profusa luz mecida por las olas, soltó en bajo un maullido travieso.

Ese día, Yukiko no salió a hacer la compra para la cena. No terminó de lavar la vajilla, ni recogió la colada. A las cinco llamó a la tienda de fotografía y le dijo a su marido que tardaría un poco en volver, que cenase fuera. El marido, receloso, le preguntó el motivo, pero ella no le contestó.

Masayo le contó aquella historia sin interrupción. Entretanto, fueron a la cocina y se sirvieron café, pero apenas bebieron. Cuando el sol se puso detrás del gran ventanal y el cielo, tras teñirse de color lavanda, acabó por volverse indistinguible del azul marino del mar, las dos tazas seguían intactas sobre la mesilla del taller.

Al terminar de escuchar la historia, Yukiko estuvo un rato muda, incapaz de decir nada. Un largo silencio se instaló como la penumbra entre las dos mujeres.

—Creo que nunca olvidaré lo que acaba de contarme —dijo Yukiko. Era consciente de que le temblaba la voz—. ¿Qué puedo decir?... No lo sé.

—No hace falta que digas nada —contestó suavemente Masayo—. Siempre he querido contárselo a alguien, pero quién me iba a decir que sería a ti. Lala, ven aquí.

La gata blanca, que había estado durmiendo sobre el taburete, se incorporó despacio, como si ese nombre le hubiera pertenecido desde siempre, bajó del asiento, se acercó a los pies de Masayo y se desperezó sobre el suelo estirando su cuerpo blanco y suave como quien estira un sedoso vestido de un blanco puro. Tras levantarla, Masayo rozó su mejilla contra ella y exhaló un hondo suspiro de fatiga.

—Puedes marcharte ya. Gracias —dijo Masayo—. Ve con cuidado, que ya ha oscurecido.

Yukiko permaneció quieta un rato. Sintió el impulso de acercársele corriendo, de abrazar aquellos hombros menudos y estamparle en la mejilla un beso lleno de cariño, como en las películas extranjeras... Un beso que expresara lo que no era capaz de transmitirle con palabras. Pero a la señora tal vez le resultaría chocante.

—Si yo fuera usted... —dijo la joven en vez de acercársele y besarla. Masayo alzó la vista hacia ella. Yukiko tomó aire—, creo que... habría hecho lo mismo —dijo con voz entrecortada, como cuando se tiene hipo.

Masayo sonrió vagamente. La chica esperó a que dijese algo, pero no dijo nada. Tras hacer una pequeña reverencia, Yukiko salió del taller dejando atrás a la señora, que se había puesto a jugar con la gata blanca.

Ya en la cocina, lavó arroz y enchufó la arrocera para Masayo. Colocó un cuenco y un par de palillos en la mesa y dispuso en una bandeja verduras guisadas y otros platos que habían sobrado del almuerzo.

En la cabeza no tenía más que la historia que acababa de escuchar. De pronto la embargó una emoción tan profunda que a ella misma le costaba creerlo y, sosteniendo la bandeja por ambos lados, se echó a llorar en silencio.

1

En aquel entonces, la familia Kawakubo vivía en las afueras del distrito tokiota de Itabashi, en la linde con la prefectura de Saitama.

Hoy en día, la zona se ha convertido en un conglomerado de bloques de viviendas y es imposible hallar vestigios del pasado, pero en aquella época era una plácida región campestre en la que resultaba bastante difícil encontrar un solo edificio. A la salida de la estación de tren más cercana, una pequeña área comercial ofrecía artículos de primera necesidad; un poco más lejos se extendían trigales y bosquecillos. Aquí y allá, casas diseminadas. Una línea de autobús recorría un camino asfaltado solo a tramos, donde se erguían postes herrumbrosos de paradas; por lo demás, se fuera a donde se fuera, no había ni un solo comercio. Se trataba de un área sin desarrollar y sin apenas habitantes, mucho más rural que Hakodate, la ciudad del norte donde yo había nacido.

También había un enorme cuartel del ejército estadounidense. Después de la Segunda Guerra Mundial, los soldados destinados en Japón y sus familias se habían instalado en una colonia ubicada en un rincón apartado de la ciudad. El terreno abarcaba unas ciento sesenta y cinco hectáreas o quizá más. Una verja alta lo rodeaba y, dado que los japoneses tenían prohibido el acceso, apenas se sabía nada sobre el interior, aunque a veces por esa misma verja se entreveían indicios de un alto tren de vida.

Un sinfín de casas blancas de estilo colonial alineadas las unas cerca de las otras. Bellos jardines cubiertos de césped. Coches grandes dentro de los garajes. Parterres con flores. En verano lanzaban fuegos artificiales, y en Navidad, señoras peripuestas volvían con el coche cargado de bolsas y hablaban entre sí en voz alta.

Cuando las familias estadounidenses salían a toda velocidad en sus coches para pasar el rato en algún lugar, el paisaje rural japonés, con su olor a estiércol, se transformaba al instante en un glamuroso centro vacacional como los que aparecían en las películas de Hollywood. En la radio de los coches sonaba música alegre, los niños asomaban la cara por la ventanilla con sus perros enormes de pelo blanco y suave, gritaban cosas con voz chillona. En una ocasión, dos negros vestidos con ropa militar de color caqui detuvieron el coche cerca de un soto, extendieron una lona de plástico en el suelo y, tumbados, saludaron con un sonoro «Hello!» a los japoneses que pasaban por delante.

Los niños japoneses que vivían en la misma ciudad sentían curiosidad por sus iguales estadounidenses, y cuando los japoneses jugaban a las peleas de samuráis a un lado del camino, los estadounidenses formaban un cerco a lo lejos y se quedaban mirando con envidia. Pero, por algún motivo, ni los padres japoneses ni los estadounidenses estaban dispuestos a permitir que sus hijos jugaran con niños de otra nacionalidad. De vez en cuando, muy de vez en cuando, era posible ver en la orilla de la calle a un grupo mixto de niños que habían recibido caramelos y se sonreían los unos a los otros. Con todo, los japoneses jamás los invitaban a sus casas y ellos tampoco intentaban acercarse más.

De noche, la única iluminación era el fulgor amarillo que despedían las casas del cuartel expulsando la oscuridad hacia el cielo. Solo el área del cuartel permanecía iluminada en todo momento, mientras que la ciudad era como un mero trigal sombrío que lo rodeaba en formato panorámico. Todos aquellos terrenos y viviendas estaban allí, calladamente, como un apéndice de la zona norteamericana.

La casa de los Kawakubo se hallaba muy cerca del cuartel. Y Gorō Kawakubo era el único de entre los paisanos del lugar que llevaba el mismo tipo de vida que los estadounidenses.

Mayo de 1955. Recién cumplidos los veinte, me bajé de la estación N cargando a dos manos con mi equipaje. Era la primera vez que venía a Tokio y, por tanto, la primera vez que me apeaba en aquella estación. Tenía la sensación de que había pasado un par de meses desde que mi madre, mi hermano, mi mejor amiga Mitsuko y su madre fueron a despedirme en Hakodate y me embarqué en el ferri rumbo a Aomori.

A decir verdad, me sentía desamparada y, por dentro, estaba empezando a arrepentirme de aquel plan que yo misma había trazado y llevado adelante contra viento y marea.

Cuando vivía en Hakodate, la idea de ir a Tokio para aprender pintura con Gorō Kawakubo a cambio de dar clases particulares a su hija me había parecido muy atractiva. Creía que era una oportunidad única y, de hecho, así lo era.

Puse de mi parte a mi hermano mayor, que me entendía, y con la ayuda de Mitsuko y su madre no cejé en el empeño de persuadir a mi madre, que se oponía tenazmente. Después de haber quedado con Gorō Kawakubo y de que este le propusiese contratarme como profesora particular y alojarme en su casa, mi madre siguió empecinada en que no me marchase a Tokio, y aún tuvo algo que decir sobre la personalidad del pintor: «Ese Kawakubo es un parrandero —repetía sin cesar—. Seguro que abusará de ti y luego volverás llorando».

Yo le anuncié que, si no me dejaba marcharme, me iría de casa y me trasladaría a Tokio le gustara o no. Para impedir que me fuera, ella me llevaba fotos de hombres con la idea de concertar una boda, o folletos de cursos que a mí no me interesaban, pero al final acabó dando su brazo a torcer.

Tras todo ese martirio, logré salir por fin de Hakodate, pero tan pronto llegué a la estación N y vi la cara de Gorō, que había ido a recogerme, me entraron ganas de volver con mi madre. Gorō llevaba una camisa elegante de color beis y me saludó con un «¡Eh!» un tanto desconsiderado.

Si hay alguien que llega por primera vez a la metrópolis, viaja en tren hasta una ciudad desconocida, lo reciben con un «¡Eh!» de labios de una persona que vive en un mundo completamente distinto, y ese alguien no se siente desamparado, que me lo presenten. Yo no era más que una provinciana vestida con una blusa sucia y sudorosa por el viaje, cargada con un montón de bolsas de papel medio rotas y un bolso grande y viejo. Ajeno a mi desamparo, Gorō rápidamente embutió el equipaje en el maletero de su coche y me abrió la puerta del acompañante.

—Vamos, sube.

Yo obedecí sin rechistar. Era un automóvil imponente, marrón rojizo, que nunca antes había visto en Hakodate.

—Es un Renault —me explicó tras sentarse en el asiento del conductor—. Es un coche francés. Lo compré porque me lo recomendó mi padre, pero el color no acaba de gustarme.

—Ah, ¿no? —dije yo. No se me ocurrió ningún comentario mejor.

Gorō no paró de hablar durante el trayecto. Después de las preguntas de cortesía, como si no me había mareado en el ferri o no me había perdido en la estación de Ueno, empezó a mencionar uno tras otro nombres de miembros de cierta facultad de Bellas Artes a quienes yo no conocía de nada, hizo algún chiste, se rio solo y me dijo, entre otras cosas, que el domingo siguiente organizaba una fiesta en el jardín de su casa y que esperaba que me lo pasase bien.

Masayo-chan...* Desde el principio adoptó conmigo un trato familiar. Esas confianzas con una chica a la que, en realidad, había contratado simplemente como niñera, ya que lo de profesora particular era solo de manera oficial, sobraban; sin embargo, él me llamaba así, como si fuera lo más normal. Eso me hizo recordar que mi madre me había dicho que era un parrandero, lo cual me produjo inquietud.

Inquietud... ¿Realmente era eso? ¿Era de verdad inquietud lo que me causaba Gorō?

No, puede que se tratase de algo distinto. Tal vez solo me estremecí y me puse a la defensiva como reacción ante el dulce olor envenenado que atizó traviesamente los pliegues de mi corazón desde el primer instante.

Aquella era la segunda vez que veía a Gorō Kawakubo. La primera había sido en enero de ese año. Él impartía clases en una facultad de Bellas Artes de Tokio y había ido a Sapporo, la capital de Hokkaidō, por un asunto personal.

Fueron Mitsuko, mi mejor amiga desde la primaria, y su madre quienes me lo presentaron y tuvieron el detalle de acompañarme expresamente de Hakodate a Sapporo. Mi madre también fue con nosotras.

Gorō era primo materno de Mitsuko. Desde el bachiller, yo había dado la lata a mi madre y mi hermano con que quería irme

* El sufijo -*chan*, añadido normalmente a nombres propios, se usa como expresión cariñosa o familiar, sobre todo con niños y chicas. *(N. del T.)*

a Tokio a estudiar pintura costara lo que costase y con que estaba dispuesta a trabajar de camarera o de lo que hiciera falta para conseguirlo. La que me contó en secreto las circunstancias de la familia Kawakubo fue, ni más ni menos, la madre de Mitsuko: Gorō había enviudado dos años atrás, necesitaba a alguien que se ocupara de su hija de ocho años y en ese momento tenía una criada de mediana edad que acudía a diario a su casa y se encargaba de las comidas y demás; aun así, no le agradaba dejar a su hija al cuidado de una desconocida y, a ser posible, prefería que alguien de confianza, una persona de la que tuviera buenas referencias, se quedase a vivir en su casa.

La madre de Mitsuko me dijo que, si me apetecía, podría ser una buena ocasión para marcharme a Tokio. El padre de Gorō —es decir, el hermano mayor de la madre de Mitsuko— era Kōkichi Kawakubo, un pintor de estilo occidental que antes de la guerra emigró a Francia, país en el que desarrollaba su actividad. Durante la guerra regresó momentáneamente a Japón y, tras el conflicto, pasó una temporada en Tokio porque, bajo la ocupación estadounidense, era complicado viajar a Europa, pero regresó a París al poco de firmarse el Tratado de San Francisco.

Gorō, hijo de Kōkichi, había permanecido en la casa familiar. Si me iba a vivir con ellos, quizá algún día llegara a conocer a Kōkichi. E incluso era posible que se dignara echar un vistazo a mis cuadros. Así que me tiré de cabeza sin pensármelo dos veces.

—Parece buena chica —dijo Gorō tras echarme un vistazo cuando me lo presentaron en la cafetería de un hotel de Sapporo. Vestía de traje y hablaba un japonés estándar muy cuidado—. Si no te importa, te haré dos o tres preguntas. ¿Tienes experiencia dando clases particulares?

—No —contesté.

—Pero podrías enseñar lengua y matemáticas a una niña de segundo de primaria, ¿verdad?

Tras meditarlo un momento le dije que sí. Mitsuko me había aconsejado de antemano que le respondiera eso.

—Bien —asintió Gorō, satisfecho—. Entonces pasemos a la siguiente pregunta. ¿Se te da bien cocinar?

—¡Cómo eres, Gorō! —lo regañó la madre de Mitsuko—. ¿Qué es lo que pretendes?, ¿contratarla de sirvienta? Lo que quiere Masayo es ir a Tokio para estudiar pintura. Una cosa es que trabaje de profesora particular y otra muy distinta obligarla a hacer de criada.

—No pretendo que haga de criada. —Gorō se rio—. Podemos contratar a una para que venga a casa como hasta la fecha. Pero la señora que está trabajando para nosotros no me convence. Es una viuda sin ninguna formación y estoy pensando en despedirla. Solo quería decir que si esta señorita sabe cocinar algo sencillo, mejor que mejor.

La madre de Mitsuko se quedó mirándonos a Gorō y a mí alternativamente, con aire confuso. Al final se limitó a esbozar una sonrisa forzada y guardar silencio.

—Cocino bien —dije yo. Estaba dispuesta a cocinar, lavar ropa, cuidar el jardín o lo que hiciera falta para estudiar pintura en Tokio—. ¿A que sí, mamá? ¿A que preparo casi de todo?

—Sí, bueno. —Mi madre fingió una sonrisa mientras le hacía ojitos a Gorō.

—Estupendo —dijo él haciendo caso omiso de mi madre, y chascó los dedos—. Básicamente, tu trabajo consistirá en ser la profesora particular de mi hija y estar a su lado para que no tenga miedo cuando yo vuelva tarde a casa. Pero si puedes hacer tareas sencillas del hogar, te pagaré el doble. No te estoy contratando como criada, así que no hace falta que te dejes la piel.

Durante la semana no suelo estar de día. Basta con que mantengas la casa limpia como si fuera tuya. ¿Te quedas más tranquila ahora?

Yo asentí, sonrojada. Nos costó poco llegar a un acuerdo. Me llevé una alegría cuando me dijo que ya me había preparado una habitación y que quería que me mudase a Tokio lo antes posible.

Cuando salió el tema que más me interesaba, es decir, las clases de pintura, él aceptó enseñarme a condición de que fuesen en los días libres. Y lo que más feliz me hizo fue que me prometió regalarme un caballete y un juego de material básico para pintar al óleo.

En ese momento, Gorō me pareció un hombre de ciudad jovial y refinado. Pese a tener treinta años y un padre pintor famoso y enseñar pintura al óleo en una facultad de Bellas Artes, no se percibían en él ínfulas de artista; tenía una conversación amena, y una no se cansaba de estar a su lado, aunque tampoco encontré ningún atractivo especial en él. Lo único que me entusiasmaba era la idea de poder irme a Tokio.

El padre de Mitsuko era director general de unos grandes almacenes con solera en Hakodate. Yo, que a los seis años me quedé huérfana de padre por culpa de la guerra y fui criada por mi madre, la diligente dueña de una floristería, jamás había conocido el lujo, y aún hoy sigo sin explicarme cómo pude convertirme en la mejor amiga de una niña rica como Mitsuko. Suele decirse que el germen de la amistad no brota entre dos personas con circunstancias familiares demasiado distintas, pero en nuestro caso eso no se cumplía. A menudo, Mitsuko iba a jugar frente al escaparate de nuestro inmundo comercio, donde no se hacía otra cosa que tirar ramos de flores dentro de cubos; tomábamos el té con mi madre y mi hermano, y nos entreteníamos charlando de todo un poco.

Las tardes de los sábados y los domingos, siempre me invitaba a su casa. Mi amiga vivía en una mansión enorme cerca de la fortaleza Goryōkaku, con dos criados y dos collies grandes.

Cada vez que iba a su casa, su padre y su madre me agasajaban. Para ellos, yo era un ser inestimable, dado que Mitsuko era hija única, de constitución débil y sin ninguna otra amiga. En mi inocencia, yo me alborozaba cuando amablemente me ofrecían aquel té dulce con leche y aquellas pastas extranjeras tan bonitas como jamás había visto, y eso los hacía reírse.

Los padres de Mitsuko, sobre todo su madre, me mimaban sobremanera. Ella siempre se paraba a escucharme con atención, no como mi madre, que estaba ocupada con el negocio y por la noche se quedaba dormida sin que apenas hubiésemos intercambiado palabra alguna. Más tarde, reflexionando, me di cuenta de que tal vez era una forma de compensar a Mitsuko por no haber podido darle una hermanita o un hermanito. Cuanto más me estimaba Mitsuko como amiga, más me trataba su madre como si fuera su propia hija.

Según se fue acercando el final de mi vida de bachiller, empecé a contarle mi sueño de futuro a la madre de Mitsuko. «Quiero ser pintora... —le dije numerosas veces—. Cuando acabe el instituto, quiero ir como sea a Tokio y matricularme en una facultad de Bellas Artes, aunque tenga que costeármelo yo misma.»

Naturalmente, yo sabía que la madre de Mitsuko era hermana de Kōkichi Kawakubo, el célebre pintor. Es más, de pequeña había oído su nombre a menudo en boca de Mitsuko. Pero jamás se me había ocurrido proponerle que me lo presentase o que intercediese para ayudarme a estudiar pintura. Se puede decir que en absoluto tenía a Kōkichi presente en ese momento. A veces, ni me acordaba de que ella provenía de un linaje de pintores. Me bastaba con poder contar mi sueño a alguien.

Mi taller era la salita de estar de cuatro tatamis y medio de nuestra casa; mi lienzo, papel blanco de dibujar que apoyaba entre los cuencos baratos de nuestro *chabudai*.* Considerando la situación financiera de mi madre, los recursos para matricularme en la facultad de Bellas Artes de Tokio eran nulos. Tenía fe en que algún día lo conseguiría, pero una vez que terminé el instituto, me puse a echar una mano en el negocio familiar, y la idea de irme a estudiar pintura a la capital no era más que un cuento de hadas como los de las películas.

La pintura me gustaba desde pequeña. Si tenía algún talento, era el de dibujar. Desde niña había pulido mi sensibilidad para los colores, quizá por ser hija de florista. Me gustaban las pinturas y los lápices. Me gustaba todo aquello que tuviese color. He perdido la cuenta de las veces que plasmé sobre papel la complejidad de los tonos con que la puesta de sol teñía el cielo de Hakodate, del blanco casi azulado de la nieve apilada tras la ventisca, del color rojizo de los caquis.

Mi madre y mi hermano pensaban simplemente que era una niña «a la que le gusta pintar», así que mi ilusión era llevar mis dibujos a casa de Mitsuko y enseñárselos a ellos, cosa que solía hacer. Sus padres siempre me elogiaban al unísono.

Fue precisamente la madre de mi mejor amiga, quién si no, la que me recomendó para trabajar en casa de su sobrino, que tras perder a su esposa por una enfermedad tenía dificultades para ocuparse de su hija, y me aconsejó que aprovechase la experiencia para empaparme de arte. Ahora que lo pienso, creo que, sin ser consciente, había entregado mi vida al tapiz de un destino inexorable tejido de antemano con una mezcla de buenos y malos augurios.

---

* Mesa baja para comer. *(N. del T.)*

La casa de los Kawakubo se hallaba a unos cinco minutos en coche de la estación N, en lo alto de una suave colina arbolada. Una valla baja pintada de blanco rodeaba aquel jardín cubierto de césped con el aspecto de un pequeño prado. En ese amplio espacio, donde a principios de verano reventaban las flores magenta de la *shibazakura** y en otoño esparcía su fragancia el osmanto, siempre había sillas y alguna mesa blanca de jardín colocadas sin especial cuidado.

En un rincón del jardín también había un estanque con nenúfares. No tenía peces, y aunque nunca se drenaba, por el motivo que fuera, el agua siempre estaba transparente.

Al fondo del jardín se extendía en horizontal una gran casa de una sola planta con muros blancos. Tenía el tejado de un rojo apagado y la apariencia de una vivienda estadounidense. Una puerta blanca de doble batiente con una malla metálica. Un porche blanco con mecedora. Todas las estancias eran de tipo occidental, sin una sola habitación con suelo de tatami, y en la sala de estar, decorada con diversos artículos importados, había incluso una chimenea de verdad.

Fue delante de esa chimenea, precisamente, donde Gorō me presentó a Momoko, su única hija. La niña sostenía en brazos de modo desmañado un gato grande y muy blanco, y me examinó como si estuviera tasándome.

—Buenos días —dije sonriendo—. A partir de ahora estaré siempre a tu lado. Encantada.

Exhortada por su padre, Momoko me devolvió los buenos días con una voz casi inaudible.

Era una niña de pocas palabras. En un intento de entablar conversación, señalé el gato blanco que tenía entre brazos.

* Nombre japonés de la *Phlox subulata*. (*N. del T.*)

—Qué gato tan bonito. Es blanquísimo. ¿Es macho o hembra?

—Chica —se limitó a decir ella tras un pequeño silencio.

—¿Cómo se llama?

—Lala.

—¿Lala? ¡Qué nombre tan bonito! ¿Se lo has puesto tú?

Momoko se quedó callada mirándome sin pestañear. Luego desvió de repente la vista y asintió en silencio. La gata alzó ligeramente la cabeza y, tras colocar sus gruesas patas sobre los hombros de la niña, le lamió el cuello. Ella la abrazó con suavidad, pegó los labios a la zona donde nacían los bigotes del animal y le susurró algo como si se hubiese olvidado de mi presencia.

Tal como su nombre indicaba, era una niña bonita como la flor del melocotonero:* su cabello, cortado a lo paje, brillaba con tonos irisados bajo el efecto de la luz; su piel era tan blanca y diáfana que se sabía perfectamente cuándo estaba bien y cuándo indispuesta. Sus ojos eran grandes como los de una ardilla y despedían un destello alarmante, como suele ocurrir en niños nerviosos, que, sin embargo, despertó mi instinto maternal.

En ese momento no pensé nada, pero —dado que me había imaginado a una niña infantil, jovial e inocente, a semejanza de su padre—, con el tiempo, el carácter precoz y la frialdad de Momoko llegarían a sorprenderme en varias ocasiones. No le di mayor importancia a aquel comportamiento, me dije que era natural que se cohibiera ante extraños teniendo en cuenta que hacía tan solo dos años, recién cumplidos los seis, había perdido a su madre.

Gorō acercó a su hija agarrándola por el hombro con un gesto exagerado.

—Esta señorita es tu profesora, Momoko. Si no entiendes

* La palabra *momo*, incluida en el nombre de Momoko, significa «melocotón» o «melocotonero». *(N. del T.)*

algo de la lección, puedes preguntárselo. A partir de ahora vivirá con nosotros. Puedes considerarla como una hermana mayor y jugar con ella con toda confianza.

Momoko volvió a mirarme con recelo, pero sus ojos enseguida se volvieron hacia Lala, que se había escurrido de entre sus brazos y se disponía a atravesar la sala.

—Lala, ¿adónde vas?

La gata se detuvo, giró la cabeza igual que un ser humano y miró a su pequeña ama. Entonces entornó los ojos como sonriendo y maulló en bajo.

—Quieres ir de paseo, ¿eh? —dijo Momoko con una mirada radiante—. Voy contigo. Vamos a pasear.

—Veo que entiendes el idioma de los gatos, ¿eh, Momoko? Maravilloso —dije yo, pero la niña no contestó. Corrió hasta el animal y salió de la habitación al lado de aquella gata blanca y suave como un ovillo de lana.

—Lala es su única amiga —dijo Gorō, como si todo aquello le hiciera gracia. Luego cogió el tabaco que había sobre la mesa en el centro de la sala y encendió un cigarrillo. Por el tono con que lo había dicho, parecía no ver ningún inconveniente en el hecho de que aquella niña solitaria, hija única, solo tuviese a una gata por amiga—. Casi siempre anda con ella, como acabas de ver. Duermen juntas, comen juntas. Y la gata se comporta igual que ella. Cuando Momoko se va a la escuela, se queda sentada delante de la puerta esperando, como si estuviera pensando: «¿Viene ya?, ¿viene ya?». En vez de Hachikō, el perro fiel, es Lala, la gata fiel. ¿A ti te gustan los gatos?

Ni me gustaban ni me disgustaban. Por las inmediaciones de mi casa en Hakodate habían merodeado tantos gatos callejeros que estaba muy acostumbrada a ellos; para mí eran parte del paisaje, como los postes eléctricos de la calle. No obstante, alcé la voz y dije:

—Me encantan.

—Me alegro —contestó Gorō—. Si no te gustaran, no podrías cuidar de la niña. Vamos, te llevaré a tu habitación. Puedes deshacer las maletas, cambiarte si quieres y descansar del viaje.

Yo le respondí con una sonrisa y lo seguí hasta la habitación que me había asignado. Estaba en el extremo izquierdo de la casa, del lado oeste, y era una habitación de tipo occidental pequeña pero acogedora. La ventana de doble batiente daba al jardín y estaba tapada con una cortina recién estrenada de color beis. Al abrirla, me saltó a la vista el verdor del bosque en lontananza y del césped del jardín.

El mobiliario consistía básicamente en una cama sencilla, un escritorio viejo que parecía una antigualla y una silla, pero también había un armario empotrado con perchas nuevas y, en el suelo, un gran jarrón blanco para que lo adornase con mis flores preferidas.

Gorō rasgó un paquete que había sobre el escritorio y me mostró con orgullo lo que había dentro: era el juego de útiles para pintar al óleo que con tanta ansia yo había estado esperando.

—El caballete lo traerán un día de estos, así que no te preocupes. Ya sabes: aquí eres libre de hacer lo que te apetezca. No hay normas. Solo tienes que estar en casa y ocuparte de Momoko. Yo te pagaré tu sueldo y, por lo demás, puedes hacer lo que te venga en gana. La criada que venía hasta ahora ya no volverá. Ahora eres tú la que gobierna la casa. Tienes un día libre a la semana. En principio, será los domingos, si estás conforme.

—Muchas gracias por ser tan amable conmigo. —Agaché la cabeza abrazada al juego de pintura—. No sé cómo agradecérselo...

Gorō me guiñó afectuosamente un ojo.

—Los sábados por la tarde te haré un hueco. Tú ven al taller. Te enseñaré a pintar con clases intensivas.

—Gracias. No hago más que molestarlo.

—En absoluto. Me has caído bien desde el momento en que te conocí. Ah, por cierto... —De pronto, Gorō se acercó a mí—. Estás mejor sin maquillar.

Se había acercado tanto que su cálido aliento me acarició la mejilla. Observó mi cara de cerca mientras apuntaba con el índice a mis labios.

—Ese pintalabios no te queda demasiado bien. Y deberías dejar de empolvarte. Estás mucho mejor sin maquillaje. Tienes un encanto natural, estás estupenda tal como eres.

Yo me quedé desconcertada. Él me miró detenidamente, de la cabeza a la punta de los pies, y sonrió, como reafirmándose en lo que acababa de decir. Tras alejarse de mí en un gesto elegante, salió de la habitación como si nada hubiera sucedido. Durante un segundo, una tenue melodía silbada resonó en el pasillo hasta extinguirse.

Yo me quedé un buen rato allí, quieta, atónita y colorada hasta las orejas.

2

No sé por qué a Gorō Kawakubo le gustaba tanto aquel estilo de vida exótico. Por lo que oí decir más tarde a un amigo suyo que visitó la casa, Gorō estaba enfrentado con su padre y había incorporado la cultura estadounidense a su vida para rebelarse contra el gusto europeizante de Kōkichi. Pero ¿de verdad era esa la explicación? A veces, me parecía un joven dolido que intentaba olvidar la humillación de la derrota de la guerra imitando las costumbres norteamericanas y volcando su atención de manera obsesiva en Estados Unidos.

Aunque puede que con mi interpretación estuviese yendo un poco demasiado lejos. Que yo recuerde, nunca lo oí hablar de la guerra o de política. Ante los demás, siempre era un hombre sonriente, animado y bromista.

¿Sería entonces que quería olvidar por completo la guerra y centrarse en pasárselo bien y sentirse a gusto? ¿O simplemente fingía en público haber perdido la memoria, pese a que, en realidad, la humillación de la derrota y los recuerdos infaustos se habían estancado en su corazón?

Sea como sea, lo que más me sorprendió y llamó la atención de la casa de los Kawakubo fue ese apego absoluto por lo estadounidense.

Gorō siempre desayunaba pan, copos de avena y café. Momoko merendaba chocolate o plátano, y jamás vi a padre e hija tomándose un té japonés acompañado de *senbei*.* A la hora de cenar predominaba el arroz, pero Gorō prefería los bistecs acompañados de pan y ensalada.

En la casa sonaba música las veinticuatro horas del día. Tenía una gran colección de vinilos LP y EP, y, aparte de jazz, en la sala de estar de la casa de Gorō se podía escuchar cualquier tipo de música que estuviera de moda en Estados Unidos, como pop o country.

Cuando no tenía clase en la universidad, a veces le daba por llevarse a Momoko en coche: iban a Ginza o Shinjuku de compras, veían una película en el cine, comían y regresaban. Al volver me hablaba largo y tendido de la película que habían visto. A veces contenían escenas un tanto prematuras para Momoko, pero a él no parecía preocuparle.

Una o dos veces al mes celebraba una fiesta por todo lo alto en el jardín. Los invitados eran colegas de la universidad y antiguos compañeros de estudios, pero también había mucha gente procedente del mundo de la noche, como se podía advertir a simple vista. Supongo que entre ellos habría además modelos, aspirantes a actriz y personas relacionadas con el cine y la música, aunque Gorō no se molestaba en presentarme a todo el mundo. Creo que los invitados llevaban amigos y esos amigos iban, a su vez, acompañados de otros amigos, con lo cual el propio anfitrión no debía de saber muy bien quién se había apuntado.

Las fiestas empezaban, por lo general, de día. Aún recuerdo las hileras de coches aparcados frente a la entrada de la mansión en aquellas tardes soleadas previas al verano; de ellos se bajaban mujeres jóvenes con vestidos coloridos, señoras elegantes ataviadas con kimono y hombres de vistosos trajes de rayas, y todos iban hacia el jardín agitando las manos en alto, como una nube

---

* Galletas de arroz, normalmente con sabor salado. *(N. del T.)*

de mariposas. Del tocadiscos de la sala de estar brotaba a todo volumen alguna pieza de dixieland de ritmo rápido; el viento arrastraba la música, y esta quedaba prendida de las ramas del bosque antes de rasgarse y salir volando hacia el cielo.

Entonces Gorō bajaba airoso al jardín, igual que la estrella de una película de Hollywood, y gastaba alguna broma a los invitados. Había mujeres que de inmediato se ponían a bailar meneando la cintura abultada por efecto de las enaguas, y otras que, sin quitarse los ostentosos guantes de encaje, se abrazaban al cuello de Gorō y lo besaban descaradamente en la mejilla.

Todas eran atractivas e iban vestidas conforme a modas que una chica como yo jamás había visto; todas tenían una confianza plena en sí mismas y pinta de considerarse las mejores.

A mí me tocaba llevar junto con Momoko la cerveza, el zumo, la fruta y el dulce de la cocina. Cuando bajaba al jardín sujetando la bandeja con la cabeza gacha, abrumada por aquel ambiente pomposo y por la cantidad de gente que había, siempre me caían bromas de dudoso gusto por parte de los invitados.

Gorō me presentaba como la «profesora particular de Momoko», y lo que más llamaba la atención de los invitados era el hecho de que me alojase en la casa. A menudo decían bromeando: «¿No te hará ninguna proposición indecente de noche el granuja de Gorō?» o «Deberías tener cuidado con él. No hay mayor *playboy* en el mundo». Yo, toda seria, intentaba explicarles por qué estaba trabajando en casa de los Kawakubo, bajo qué circunstancias me habían presentado a Gorō, con el resultado de que sus mofas se recrudecían aún más.

En cuanto a Gorō, no hacía más que sonreír bobaliconamente y llevarse el vaso a la boca. En esos instantes, una mujer pechugona con un vestido veraniego a la moda se arrimaba a él y le susurraba al oído, de manera que lo oyéramos todos:

—Eres un pillo, Gorō. Mira que contratar a una profesora tan jovencita... Lo has hecho con intenciones ocultas, ¿verdad?

Él se encogía de hombros, como suelen hacer los extranjeros.

—Vuestras imaginaciones calenturientas me superan. Basta con que echéis un vistazo a su habitación por la noche. Está bien cerrada por dentro, no podría abrirla ni con una palanca.

—O sea, que a veces intentas entrar en su habitación —replicaban entonces los hombres a coro. Estallaban carcajadas, se oían risas coquetas de mujer.

Con todo, Gorō no confirmaba ni desmentía nada; se limitaba a mostrar una sonrisa bobalicona y a observar con tranquilidad cómo la luz del sol se rompía en la copa que sujetaba.

Momoko y Lala causaban sensación entre los invitados. Todos acariciaban la cabeza de la niña y pasaban la mano por el cuerpo suave de la gata. Cuando le daban queso o algún trocito de pollo, Lala maullaba de felicidad o se frotaba contra la pierna del invitado en cuestión, pero Momoko no se sentía a gusto entre ellos. Tan pronto como terminaba de saludarlos con una sonrisa forzada en la cara, se retiraba al interior.

«¡Momoko, eh, Momoko! Ven a jugar con nosotros en el jardín. Tu papá dice que tiene una idea divertida.» Las apelaciones de los invitados no servían de nada. Ella fingía no haber oído, miraba hacia otro lado, se encerraba en su habitación y se ponía a leer un libro.

Le gustaba llevar una vida tranquila, pese a su edad. O, más bien, una vida ordenada. No recibía con agrado que hubiese cambios en la casa desde que se levantaba por la mañana hasta que se acostaba. Seguramente era yo, y no su padre, la única que sabía que ella odiaba las grandes fiestas.

Momoko tenía por costumbre levantarse a las siete de la mañana. Nunca remoloneaba, sino que por lo general se levantaba sola, sin necesidad de que yo la despertase, y enseguida se arreglaba. Luego desayunaba pan con su padre, solo mojaba la yema del huevo frito y bebía leche. Se subía al coche de Gorō y este se despedía de ella a la puerta del colegio antes de ir a la universidad. Como norma, siempre regresaba pasadas las dos de la tarde. Jamás llevó a una amiguita a casa.

Después de merendar y responder vagamente a las preguntas que yo dejaba caer sobre cómo le había ido en el colegio, agarraba a Lala e iba corriendo a los trigales. Esa costumbre solo se veía alterada los días de lluvia.

A Momoko le encantaban aquellos trigales. Lo sabía todo sobre ellos: los senderos de las lindes, los espantapájaros, los depósitos de abono, la extensión, los cambios que acarreaban las estaciones... Todo estaba grabado en su cabeza como en una miniatura.

Mientras ella salía a jugar, yo aprovechaba para arreglarme deprisa e ir a hacer la compra para la cena. No sé cuántas veces me detuve cargando con la pesada cesta de la compra, de camino a casa, para mirarla jugar al otro lado de un trigal.

Era precioso ver a la niña y a la gata corretear por las lindes. Momoko y Lala desaparecían detrás de los espantapájaros, volvían a aparecer y retozaban la una con la otra mientras el trigo dorado brillaba con el sol poniente. La brisa se colaba entre los árboles del soto, rizaba las espigas de oro y pasaba de largo hinchiéndole la falda a la niña. Momoko se ponía en cuclillas, se levantaba, echaba a correr, no se quedaba quieta ni un instante.

A veces, Lala sacaba su instinto cazador y perseguía a los gorriones. Cuando se abalanzaba sobre los pájaros a una velocidad endiablada, todos alzaban el vuelo a la vez en medio de los trigales dorados y se esparcían por el cielo convertidos en una infinidad de puntos negros.

El viento me llevaba la risa de Momoko. A medida que la intensa luz anaranjada del ocaso impregnaba un cielo en transición hacia el azul marino, sus figuras se iban tiñendo de negro como sombras chinescas.

Momoko no era la única que jugaba en las lindes de los trigales, claro está. A veces otros niños de la ciudad también se colaban en los senderos, pero Momoko nunca se mezclaba con ellos. Ella solo jugaba con su gata. Cerca de Lala siempre se encontraba necesariamente Momoko, y donde estaba Momoko siempre se veía el cuerpo suave y blanco de Lala.

Sí: parecían una solitaria pareja de pajarillos. Eran como dos tristes vidas que se hubieran quedado solas en la Tierra tras sobrevivir a la destrucción del planeta y a la extinción de la humanidad.

Momoko siempre volvía a casa cuando el cielo empezaba a oscurecer. Aparecía con cara, más que de cansancio, de sentir un vacío indescriptible; se lavaba las manos en el baño, iba a la cocina y ella misma preparaba la comida de Lala.

El pienso era por lo general tan lujoso que hasta un humano podría haberlo ingerido. En vez de darle la típica comida de gato con virutas de bonito o pescaditos secos, siempre le daba jureles o sardinas guisadas enteras. De vez en cuando también le metía en la boca directamente la carne que nos había sobrado.

Desde que empecé a vivir con ellos, Gorō dejó de llegar a tiempo para la cena, así que, en general, Momoko y yo cenábamos solas.

Mientras comíamos, apenas hablábamos. Momoko debía de tener la idea de que la comida era algo que comenzaba con un «Que aproveche» y se terminaba con un «Estaba bueno». Mis esfuerzos por hacerle preguntas para entablar conversación solían caer en saco roto.

Momoko comía poco y rara era la vez que se terminaba toda la cena, pero es que la gata era igual que ella: por lo general, Lala se comía la mitad de su comida a los pies de su dueña, y cuando el animal ponía cara de hartazgo, Momoko colocaba las manos en la barriga y murmuraba: «Ya estoy llena». Luego apartaba fatigosamente el plato con los restos hacia el otro extremo de la mesa y se levantaba.

Era entonces cuando me tocaba realizar mi trabajo de profesora particular. Momoko y yo nos sentábamos la una al lado de la otra delante del escritorio de la habitación infantil, repasábamos la lección del día, leíamos la siguiente y hacíamos los deberes. Momoko era una niña que destacaba por sus notas, de modo que difícilmente se podía decir que yo cumpliera con el trabajo que Gorō me había asignado. Por norma, ella era capaz de estudiar por sí misma sin que yo la ayudase, y encima lo hacía con gran destreza.

Absorbía al instante cada nuevo conocimiento, como una esponja chupando agua. Sorprendía, además, cómo había adquirido herramientas para sacar provecho a esos conocimientos y aplicarlos a su modo. Yo, en mi función oficiosa de profesora particular, era una figura decorativa que permanecía quieta a su lado. Tanto era así que a veces incluso aprendía, de mano de aquella niña de ocho años, a aprovechar el conocimiento.

A pesar de todo, a Momoko no le disgustaba especialmente mi presencia. Había comprendido a la perfección el trabajo que Gorō me había encomendado y, cuando estaba sentada al escritorio, interpretaba su papel de alumna modesta.

La habitación de Momoko era grande para tratarse de un cuarto infantil. Mediría algo más de veinte metros cuadrados. El interior estaba decorado al gusto paterno, con un papel de flores de color verde pipermín muy mono, como las habitaciones de los niños estadounidenses, y cubrían la ventana unas alegres cortinas con un estampado de animales.

La habitación contaba con una mesa de estudio, una pequeña cama con un cobertor rosa, una mesilla redonda y una cómoda para guardar ropa interior sobre la cual estaban apiñados todas las muñecas y peluches que su padre debía de haberle comprado. Jamás la vi jugar con ellos. Aquellos muñecos, que nunca habían recibido el abrazo sudoroso de un niño, recordaban a la fruta que se pone mustia y acaba pudriéndose en el escaparate de una tienda sin que nadie la compre.

En el escaso intervalo que transcurría desde que terminaba de estudiar hasta que se acostaba, Momoko solía sentarse en la cama y leer algún libro ilustrado para niños. Cuando empezaba a leer, Lala se arrimaba siempre a su dueña y dormitaba con los ojos entornados de tal modo que parecían dos hilos.

A veces, cuando le llevaba chocolate caliente, en las noches frías de invierno, me la encontraba adormecida y abrazada a Lala. En ocasiones me entraban ganas de acurrucarme a su lado, igual que la gata, y dormitar con ella. Era una pulsión extraña.

Jamás me sucedió sentirme como su madre. Y tampoco se me pasó por la cabeza verla como a una hermana menor, mucho más pequeña que yo.

Creo que de ella me fascinaba ese candor infantil y, al mismo tiempo, esa aura misteriosa e impropia de una niña. Puede que inconscientemente deseara ser su sierva, para así acercarme a ella.

Momoko tenía algo que apaciguaba a la gente. Aunque fuese fría y tendiese a marcar la distancia con la otra persona, nunca me dolió que no se encariñara más conmigo. Me bastaba con que estuviera ahí. Era una niña que, sin necesidad de palabras, hacía entender a los adultos hasta qué punto era inútil exigirle algo más.

A mí no me llamaba «señorita», sino Masayo. Cada vez que me llamaba así, yo sentía que una distancia inmensa se interponía entre nosotras. Cuantas más ganas tenía yo de aproximarme a ella, más se alejaba, como si se burlase de mí. Sin embargo, cada día tenía más la sensación de que me había aceptado. Era una sensación rara. Paso a paso, Momoko iba acortando la distancia que la separaba de mí, como si despegase láminas finas y desvaídas de papel japonés.

Me refiero, por ejemplo, a lo siguiente: de vez en cuando, se arrimaba a mí mientras yo fregaba los platos en la cocina y se quedaba mirando la espuma del barreño sin decir nada. Si yo no le hablaba, permanecía todo el rato en la misma postura. Si le sonreía, ella me devolvía una sonrisa. Aquella sonrisa de niña tan encantadora enternecería a cualquier adulto. Cuando me sonreía, me sentía feliz un instante. Y para hacérselo saber, le hablaba de cualquier cosa. Entonces la sonrisa desaparecía de golpe de su cara y una indiferencia fría como el hielo se extendía en su precioso rostro. Yo cerraba la boca a toda prisa. Entonces ella, sosegada, volvía a colocar sus suaves manos en el fregadero y otra vez observaba distraída lo que yo hacía.

Aquella niña tenía algo de péndulo que se aleja y se acerca de nuevo. Cuanto más disminuía la amplitud de su oscilación, más me invadía una serena felicidad.

Esperé pacientemente a que el péndulo que había en su interior se detuviera. Ansié el momento en el que, por iniciativa propia, me abriese las puertas de su corazón, sin necesidad de imponerle mi cariño ni recurrir a tretas.

No es fácil explicar por qué una chica de tan solo veinte años sentía tantas ganas de compartir su cariño con una niña que le era del todo ajena. Cierto es que suspiraba por Gorō Kawakubo y estaba empezando a enamorarme de él. Pero no era mi intención ganarme a Momoko para buscarme el afecto de su padre. Ni a alguien como yo se le ocurriría pensar que, haciéndolo, conseguiría que Gorō se fijara en mí.

Yo quería a Momoko, sin más. Adoraba a esa niña solitaria que jugaba con Lala en los trigales.

3

Pese a su apego por aquel estilo de vida, Gorō era una persona muy dejada en lo que a cuestiones domésticas se refiere. Prestaba atención a la decoración interior, pero no le importaba que su querido tocadiscos estuviese lleno de polvo. No mostraba ni la menor preocupación por que la basura se estuviera pudriendo en la cocina o que hubiera un trapo sucio tirado en el lavabo.

Si descubría abandonado en un rincón de la sala de estar el cuerpo maltrecho de algún ratoncillo o gorrión que Lala hubiera atrapado, lo pateaba con la punta de la pantufla hasta arrojarlo fuera de la terraza como quien se deshace de un grillo muerto; luego se acomodaba y se ponía a leer el periódico como si nada hubiera ocurrido.

Ni que decir tiene que esa forma de ser suya me ayudaba a sentirme más distendida. Oficialmente era una profesora particular y una niñera que residía en la casa, y no necesitaba preocuparme por las pequeñas tareas domésticas de las que se hubiese tenido que encargar cualquier otra empleada interna normal y corriente.

Aparte de las clases particulares, bastaba con que hiciese la compra, le preparase a Momoko cosas sencillas para comer, hiciese la colada de padre e hija los días de sol y, cuando me diese la gana, arrancase las malas hierbas del jardín o pasase la bayeta.

Aquella vida, comparada con la que llevaba en Hakodate, trabajando de la mañana a la noche para ayudar a mi madre, era una bendición. Tenía todo el tiempo del mundo para mí. Mientras Momoko estaba en la escuela, me entretenía esbozando a mi ritmo el barrio de los Kawakubo en mi bloc de dibujo o cogía el tren y recorría los museos de arte del corazón de Tokio.

Gorō jamás me atosigaba con preguntas sobre qué hacía yo de día, qué cosas compraba y dónde las compraba. Creo que a nadie le pegaba tan poco como a él andar controlando y vigilando a los demás. La única regla que me había impuesto se resumía en cuidar de Momoko.

El sueldo que me pagaba a final de mes era asombrosamente alto. Tanto que todavía hoy me pregunto si no se trató de una confusión. Estamos hablando de una época en la que, a pesar de notarse ya los efectos de la recuperación tras la guerra, la mayoría de la gente llevaba una vida austera. A cambio de mirar cómo una niña de primaria estudiaba y de cuidar de la casa en ausencia del dueño, todos los meses podía comprar caros libros de arte y material para pintar, enviar dinero a mi madre, que estaba en Hakodate, y aún conseguía ahorrar lo que me sobraba. En más de una ocasión le pregunté a Gorō por qué motivo me pagaba esa suma tan elevada e inmerecida. Pero su respuesta siempre era la frase: «¿Qué problema hay?», acompañada de una dulce sonrisa. «Soy yo el que te paga, así que acéptalo y chitón.»

Dada la circunstancia, fui juntando dinero en poco tiempo. Quizá porque no gastaba demasiado en otra cosa que no fuera material para pintar y libros de arte.

Sí. No me compraba un montón de accesorios como los que se le habrían antojado a cualquier otra chica joven que llega a la ciudad. No quiero decir que no me interesaran la ropa y los zapatos nuevos, el maquillaje o los bolsos. Muchas veces abrí inconscientemente la cartera delante de un vestido bonito en el escaparate de unos grandes almacenes. Pero casi siempre acababa pasando de largo sin comprar nada.

Si me probaba el vestido, me pondría unos zapatos de tacón y se me antojaría uno de esos bolsos rectangulares de moda. Querría hacerme la permanente, perfumarme y vestirme como una chica de ciudad, igual que las mujeres que asistían a las fiestas de Gorō. Y me hubiesen entrado ganas de maquillarme conforme a mi atuendo.

Pero yo no quería pintarme los labios, ni me apetecía empolvarme la cara. Las palabras que Gorō me dijo al llegar a casa de los Kawakubo seguían rondándome como una maldición. «No te queda bien la barra de labios ni el maquillaje, estás estupenda sin pintarte»... «Si él lo dice, que así sea», me juré a mí misma como una idiota. En repetidas ocasiones examiné mi cara en el espejo de mi habitación. Era infantil, carente de cualquier encanto femenino, pero me esforcé por pensar que si él lo prefería así, así debía ser. Ese fue el motivo por el que seguí siendo tan rústica como un mono recién salido de la montaña. Y gracias a que seguí siendo un mono, aumentó el dinero que enviaba a Hakodate a mi madre y también creció deprisa la colección de libros de arte por los que tanto suspiraba.

Al principio, debido a la falta de orden en su vida, Gorō jamás cumplió la promesa que me había hecho, enseñarme pintura los sábados por la tarde, pero siempre se las arreglaba para concederme unas horas fijas una vez por semana.

¡Con qué ansia esperaba ese momento! Por la mañana, al salir para despedirme de Gorō, que siempre llevaba a Momoko al colegio en coche, de repente me miraba desde el asiento del conductor como si se hubiera acordado y me decía con un guiño: «Esta noche. Esta noche, como vuelvo temprano, toca clase de pintura». Yo asentía entusiasmada. Me ponía tan contenta que casi se me saltaban las lágrimas. Entonces él sonreía y se dirigía a Momoko, sentada a su lado: «Esta noche papá le va a enseñar a pintar a Masayo en el taller. ¿A ti también te apetece?».

Momoko se quedaba callada y sonreía imitando a su padre. Aquella sonrisa era un gesto indescifrable para cualquiera que no fuesen padre e hija. Al ver cómo le sonreía la niña, Gorō asentía con aire satisfecho, como afirmando que había entendido su significado. Yo, ruborizada, me despedía agachando la cabeza; él daba un alegre bocinazo y arrancaba.

El taller de Gorō estaba en el extremo derecho de la casa, el opuesto a mi habitación. En aquel espacio con tarima de madera, grande como una sala de reuniones, había varios lienzos enormes dispuestos sin orden ni concierto, y el suelo, manchado de salpicaduras de pintura, estaba cubierto de materiales de trabajo, hojas de periódico y pequeños objetos, de tal forma que no había dónde poner los pies.

Al entrar, lo primero que hacía yo era enseñarle los dibujos, acuarelas y pequeños óleos que había hecho la última semana. Él parecía otra persona cuando se ponía frente a un dibujo. Su carácter, normalmente alegre, se ensombrecía, se volvía más taciturno. A menudo fruncía el ceño. Y era sorprendente lo severo que podía ser cuando criticaba un cuadro. Jamás era delicado en su manera de expresarse; cuando algo no le gustaba, lo soltaba sin reparos. Decía las cosas como eran, por más que, diciéndolas, pudiera hacerme daño.

Por el contrario, cuando me elogiaba, aunque fuese en contadas ocasiones, no escatimaba en alabanzas. En alguna ocasión llegó a echarme flores durante una hora. ¡Una hora! Nunca tardaba tanto cuando se ponía a hacer una de sus demoledoras críticas. Gorō era un hombre capaz de elogiar al prójimo durante una hora.

No es nada fácil dedicar elogios en el ámbito del arte. El acto de elogiar se vuelve más difícil cuanto más ambigua sea la diferencia entre una obra buena y una mala en un terreno determinado. Por eso, cuando la gente quiere transmitir a alguien la impresión que le ha causado cierta obra, suele caer en una pueril exclamación. «¡Genial!», «¡Maravilloso!», «¡Formidable!», etcétera. Nadie se esfuerza por buscar otras fórmulas.

Gorō, sin embargo, sabía infinidad de expresiones elogiosas. Si le gustaba una de mis obras, se detenía a explicarme por qué le había gustado, qué aspectos le habían impresionado y de qué modo lo habían hecho. Hacía una comparativa con su propio estilo y con obras de pintores de renombre, o usaba expresiones poéticas, conceptos y palabras del lenguaje corriente para dejarme claro lo extraordinaria que era mi obra.

Yo lo creía. Creía todo lo que me decía. Y pienso que habría sido igual aunque no hubiera estado enamorada de él. Mi atracción por él y mis sentimientos hacia él como maestro de pintura eran asuntos separados. En el taller era una mera alumna que seguía sus enseñanzas.

No obstante, terminada la clase, mientras tomábamos café sentados el uno frente al otro, enseguida me invadía una mezcla inaprensible de rubor y excitación. La pasión seca oculta en el aire del taller se impregnaba del olor a aire dulce y húmedo de la noche y me hacía consciente del escaso espacio que nos separaba.

Cuando él se sentaba en el taburete frente a mí, yo tenía presente que sus rodillas estaban a punto de rozar las mías, o me volvía más consciente de lo necesario de que su mirada se había detenido en los dos montículos que formaba mi pecho bajo la blusa, y de que recorría mis piernas, que asomaban bajo la falda acampanada descolorida.

En esos instantes, él, con su labia habitual, me hacía reír contándome anécdotas divertidas de sus amigos, pero mientras tanto yo era consciente hasta de cómo cada una de mis carcajadas resonaba contra las paredes del taller, de cómo las captaban sus oídos y de qué modo se reflejaba mi rostro en sus ojos cuando me reía.

Por si no bastase con eso, podía ponerme incluso a cavilar desesperada en qué pensaría él de mí. A veces me trataba como a una hermana pequeña; otras, como a su discípula predilecta. También había veces en las que me miraba con confianza, como a una persona en cuyas manos se podía dejar el cuidado de su hija Momoko, y otras marcaba una divisoria clara entre él y yo, como si fuéramos desconocidos. Pero realmente no sé qué pensaba él entonces.

Jamás hizo ademán de rozarme, nunca me tocó la cabeza ni me pellizcó el brazo en broma. Se comportó en todo momento como un caballero. Yo, de todos modos, en ocasiones fantaseaba con que quizá sentía curiosidad sexual por mí.

Era su mirada, sus ojos, lo que me hacían concebir esas ilusiones. A veces recorría la silueta de mi cuerpo sin ningún pudor. Notaba su mirada clavada en mi escote mientras yo sujetaba el pincel ante el lienzo. En la cocina, sentía cómo echaba ojeadas a mis caderas mientras yo fregaba los platos.

Quizá solo fuese un error de percepción, ilusiones inocentonas. Puede que se estuviese fijando en una mancha de café en mi blusa o tal vez vacilase en agarrar una brizna de hierba seca pegada a mi trasero. Mi cuerpo entonces era el de una niña. No resultaba, por muy buenos ojos con que se mirase, lo bastante atractivo para despertar su libido. Pero yo me refugiaba en esa ilusión que había creado yo misma, en ese mundo de fantasía.

La imaginación se hinchaba, se engrosaba, se expandía dentro de mí como una especie de quimera furtiva. Cuando salía del baño e iba a beber agua a la cocina en camisón, tenía la falsa sensación de que Gorō me espiaba a mis espaldas. A veces, al cerrar con llave la puerta del dormitorio y meterme en la cama, creía oír cómo se acercaba por el pasillo y llamaba suavemente a la puerta.

En mis sueños, Gorō era mi novio, mi marido y mi amante. A menudo se me aparecía en ensoñaciones eróticas. Y no creía que debiese avergonzarme por ello. No era tan infantil para avergonzarme por unos sueños eróticos. Dicen que hasta las mujeres que se tonsuran y se hacen monjas budistas sueñan con esas cosas. En mis ensoñaciones y fantasías, yo me besaba con Gorō, me acostaba con él y escuchaba sus palabras de amor. Con eso me bastaba.

Si una noche Gorō hubiese llegado a tocarme en el taller, por raro que parezca creo que habría gritado y me habría escapado de la casa de los Kawakubo. Tengo que confesar que, hasta entonces, nunca había estado enamorada de nadie. Los romances eran algo que solo ocurría en mi imaginación. En mis fantasías románticas era capaz de prostituirme, de ser la esposa que engaña a su marido millonario o de convertirme en una joven diablesa que revoloteaba de hombre en hombre. Sin embargo, siempre me cohibía delante de los hombres de verdad. Y es que no tenía ni idea de cómo enfrentarme como la mujer adulta que era al tremendo y exótico encanto de los hombres de carne y hueso.

Aun así, el hecho de que él, a sus treinta años, ya hubiese conocido la vida conyugal me reportaba una enorme tranquilidad y me permitía abrazar ese romanticismo inocuo. Quizá no habría estado tan perdidamente enamorada de él de haberse tratado de un simple soltero sin hijos ni experiencia matrimonial. Creo que la razón por la que una chica de provincias, siempre precavida y con un fuerte sentido del orgullo propio, pudo llegar a obsesionarse con él hasta tal punto fue que me había hecho a la agridulce idea de que alguien con tanto mundo como Gorō nunca se habría fijado en alguien como yo.

En dos o tres ocasiones me reveló en plena conversación cosas que recordaba de su difunta esposa. Se llamaba Yuriko. Tenía la misma edad que él y, en sus recuerdos, era siempre una mujer modesta, humilde y adorable.

—¿Te has fijado en los restos de los parterres en el jardín? —Gorō miró por la ventana del taller mientras señalaba el jardín en tinieblas—. Ahora están ya descuidados, pero cuando Yuriko vivía, estaban llenos de flores. Y también plantó rosas trepadoras en vez del seto que hay ahora. Se le daba bien cultivar flores. Y no solo flores. También tenía buena mano para la niña y los gatos. Fue ella, antes de enfermar, quien recogió a Lala. En poco tiempo consiguió que una gatita sucia y hambrienta se hiciera amiga de Momoko. Lala le tenía apego a mi mujer. En realidad, no había nadie a quien no le cayera simpática. Imagínate cómo sería, que todo el mundo se abría con ella.

—Seguro que era muy hermosa —dije yo.

Gorō puso cara de estar digiriendo recuerdos un tanto amargos, cerró los ojos y asintió despacio.

—Pero sencilla —dijo—. Sí, no hay duda de que era hermosa.

A veces intentaba imaginarme a la mujer que Gorō había amado una vez y con la que había estado casado. Una mujer tranquila y delicada, bella, con una sonrisa como la de Kannon, «la madre amorosa» del budismo. Una mujer cuya mera presencia bastaba para inundarlo todo de una luz suave. En ocasiones me extasiaba pensando en aquella romántica y trágica historia; me la imaginaba tumbada en el féretro, rodeada de flores, y a Gorō llorando desconsolado ante ella.

Esas fantasías en las cuales Gorō amaba con locura a su difunta esposa alimentaban mi embeleso por él. En mi fuero interno, era necesario que Gorō amase para siempre a su difunta mujer. Que nunca jamás se olvidase de ella. En verdad, que le gustase la jarana, invitase a un montón de gente a casa y armase juergas era necesariamente para contrarrestar la tristeza de haber perdido a su esposa. Y en mi imaginación, Gorō sería esa clase de hombre para siempre.

Esa mujer llamada Yuriko, a la que yo no había llegado a conocer, me cayó bien al instante. A veces buscaba su impronta en las facciones de Momoko, me entretenía en silencio haciendo cábalas sin motivo. Si Momoko era la viva imagen de su madre, Yuriko debía de haber sido, sin duda, una mujer despampanante. No era que yo estuviera celosa. En absoluto. Solo sentía una curiosidad dulzona que se expandía sin límites y exaltaba mi ánimo.

Sin embargo, nunca se me pasó por la cabeza preguntarle a la pequeña Momoko por su difunta madre o sugerirle a Gorō que recuperase los parterres de flores que ella había cultivado. Jamás les lancé preguntas, a menos que ellos mismos sacasen el tema.

Creo que Momoko nunca llegó a hablarme de su madre. En su habitación había numerosos recuerdos de Yuriko... Desde un pichi cosido a mano hasta una bufanda de lana hecha por ella, pasando por una bolsa con un bordado de ositos para guardar la fiambrera o unas bolas de tela para jugar hechas a mano. Pero si yo cogía alguno de los objetos y le preguntaba si estaba hecho a mano, ella solo sonreía y hacía un pequeño gesto de asentimiento con la cabeza.

A priori, su reacción resultaba fría. Incluso se podría pensar que quizá hacía tiempo que había olvidado a su difunta madre. Aunque ese fuera el caso, no me habría sorprendido. Yo misma había dejado de acordarme de mi padre, que falleció cuando yo era niña.

En varias ocasiones pensé que si Momoko había dejado de acordarse de Yuriko, quizá podría llegar a verme como a una madre. Y si me considerase como una madre, mi relación con Gorō también podría cambiar. Era una idea estúpida e infantil, pero capaz de obnubilarme.

Día y noche me entregaba a esas fantasías un tanto eróticas al tiempo que soñaba con el día en que Gorō me tratase como «la madre de Momoko». Y, con todo, tenía a la figura de Yuriko en un pedestal y me alegraba de que Gorō no me cortejara. Ahora que lo pienso, ¿cómo podía ser tan infantil a mis veinte años?

Recuerdo muy bien aquella noche. Fue la primera vez que conseguí intimar con Momoko.

Creo que fue a principios de diciembre. Nos atacó la peor ola de frío del invierno, y al anochecer la temperatura bajaba de sopetón y el viento soplaba como loco.

En esa época, Gorō solía llegar tarde a casa. Lo normal era que regresara a las nueve o a las diez, a veces incluso a altas horas de la madrugada.

Yo quería creer que si volvía tan tarde era porque le tranquilizaba saber que yo estaba en casa para cuidar a Momoko. Naturalmente, cuando anochecía me planteaba todo tipo de conjeturas sobre dónde estaría, qué estaría haciendo y con quién. Pero era demasiado inexperta en la vida para desasosegarme pensando dónde y de qué manera pasaba noche tras noche un hombre todavía joven y atractivo como él.

Momoko siempre se sentaba frente a la chimenea de la sala de estar y esperaba en vano a su padre. Esa noche, pasadas las diez se resignó y volvió a su habitación. Una vez que cogí a Lala en brazos y la metí en la cama, Momoko me dio las buenas noches y apagó ella sola la luz de la lámpara como siempre. Yo me retiré a mi cuarto.

Dieron las once y las doce, y Gorō no regresaba. Yo me esforzaba por mantenerme despierta, aunque me había dicho que me acostase cuando él llegase tarde. Era incapaz de quedarme dormida si no lo recibía al abrir la puerta de la entrada. Era un pequeño rito personal, un gesto de cariño.

Fuera el viento seco soplaba con fuerza. De pronto una visión me cruzó la mente: Gorō caminaba en medio de la ventolera acompañado por una mujer muy guapa. Cerré el libro de pintura que estaba hojeando, salí de mi habitación y fui a la cocina.

«¡Imaginaciones tuyas!», me dije. A primera vista, Gorō podía parecer un *playboy* y, de hecho, vivía rodeado de amigas atractivas, pero él jamás dejaría en casa a su única hija, a la que amaba con locura, para citarse todas las noches con alguna belleza.

«Además, él quiere a Yuriko», me repetía a mí misma mientras llenaba la tetera de agua en la cocina helada. Con lo que quería a Yuriko, jamás sucumbiría a los encantos de otras mujeres. Lo más probable es que estuviera en alguna taberna hablando de pintura con algún amigo de la universidad o con sus alumnos.

Puse agua a hervir sobre el fogón, preparé té negro para mí sola y lo serví en una taza. Que se me antojara echarle unas gotas de brandi, como hacía a veces Gorō, fue mera casualidad. El licor estaba en el aparador de la sala de estar. Dejé atrás la cocina y crucé el pasillo en dirección a la sala.

El dormitorio de Momoko estaba al lado, bastante lejos de mi cuarto, pese a hallarse en el mismo pasillo. No me imagino cómo hubiera sido mi relación posterior con Momoko de no habérseme ocurrido echarle brandi al té. Al entrar en la sala de estar para coger la bebida, oí un llanto procedente de su habitación.

Lo nuestro quizá habría terminado en un feliz cruce de caminos si no me hubiese decidido a entrar en aquella sala. No, eso no es todo: tal vez no habría sucedido esa espantosa desgracia. Y cuando pienso en ello, me invade una sensación rara.

El suave sollozo que salía de la habitación de Momoko hizo que me detuviera justo al entrar en la sala de estar. Dejé la taza sobre la mesa de comer, salí al pasillo sin hacer ruido y me paré delante de su cuarto.

Lloraba sin cesar, con una voz contenida, como cuando un niño tiene miedo a la oscuridad y gimotea con la cara hundida en la almohada. Cuando el llanto se cortó, oí cómo decía claramente: «Mamá».

—Mamá... estoy sola. Tengo miedo.

Desde luego, me dio pena. Pero las palabras que Momoko usó no me impactaron tanto. Era más que comprensible que una niña, habiendo perdido a los seis años a su madre, llorase pensando en ella en la calidez de su cama una noche ventosa de invierno.

Lo que sentí en ese instante fue, más bien, algo similar a la resignación por el hecho de que Momoko sí se acordase de la difunta Yuriko. «Natural —dije para mí—. Está claro que no hay nadie como una madre de verdad. Yo no puedo reemplazarla.»

Respiré hondo y cerré despacio los ojos. Pensé que quizá fuese mejor dejarla tranquila. Si fingía que no la había oído, quizá evitaría avivar sus sentimientos.

—Mamá... —volvió a decir Momoko; se oyó un ruido de sábanas—, ayúdame. Por favor, mamá.

A continuación, más sollozos, lo cual me partió el alma. Me abracé a mí misma. Entendía tan bien cómo se sentía que me dolía. ¿Qué habría hecho Gorō en mi situación? ¿No habría abierto la puerta, entrado, abrazado el cuerpo menudo de aquella niña que lloraba porque se sentía sola?, ¿no la habría calmado y acompañado hasta que conciliase el sueño?

Me esforcé por oír algo en el exterior de la casa. No capté el ruido de motor que siempre se oía cuando Gorō regresaba en coche; solo se oía el viento, que sacudía con violencia la copa de los árboles.

Me dije que tenía que ponerme en la piel de Gorō. Que, por más que Momoko requiriera a su difunta madre, y aunque mi presencia allí fuera vana y de escasa ayuda, yo era la única que podía tranquilizarla en ese momento.

Llamé con suavidad a la puerta y giré el pomo haciendo el menor ruido posible. La pequeña bombilla de la lámpara de cabecera iluminaba vagamente el interior de la habitación. Momoko, metida en la cama, dejó de llorar. Giró la cabeza y volvió su cara abotargada hacia mí.

—Momoko —la llamé con voz dulce—, estás llorando. ¿Te da miedo el viento?

No me contestó. Revolvió las piernas entre las sábanas y se encorvó como una gamba, dándome la espalda.

Yo cerré la puerta detrás de mí, me arrodillé a su lado y alisé la ropa de la cama.

—Me quedaré aquí un rato. Tú duerme tranquila. Eres una niña muy buena. Estaré contigo hasta que te duermas, así que...

Su cabeza, con un corte a lo paje y el pelo despeinado, empezó a temblar. Al mismo tiempo, la lisa espalda cubierta con un pijama de franela con flores se crispó, como si la niña estuviese a punto de vomitar. Su leve gimoteo resonó en la habitación.

—Mamá... —susurró con voz apagada—. Mamá, mamá...

Una suave ondulación se formó en el borde del edredón. De allí asomó una cara similar a una pelota blanca y suave. Era Lala. Una vez presa entre los brazos de Momoko, levantó la cabeza, abrió aquellos ojazos azules y me miró.

Nuestras miradas se toparon por un segundo. Lala enseguida perdió interés en mí. Colocó sus gruesas patas en el cuello de Momoko, entornó los ojos y le lamió la cara.

—Mamá... —repitió la niña, abrazada a la gata.

Lala se arqueó un momento hacia atrás, como si quisiera escapar de la asfixia, pero no hizo ademán de huir. Su larga lengua rosada relamió la nariz, las mejillas y el cuello de Momoko, que respondió a las carantoñas abrazándola todavía con más fuerza.

Estuve a punto de decir algo, pero me callé. Porque así, de espaldas, la Momoko que, a falta de su madre, buscaba los mimos de la gata tenía la apariencia de un cachorro demasiado desarrollado.

Si en ese instante Momoko me hubiera parecido humana... si me hubiera parecido una niña necesitada de compañía que lloraba abrazada a su gata en una noche ventosa dos años después de haber perdido a su madre... quizá simplemente me habría dado pena y se me habrían saltado las lágrimas. Pero, por raro que resulte, en ese instante no me pareció humana.

Momoko era un cachorro. Una gatita antropomorfa que pedía auxilio y lloraba con la cara hundida en el vientre blando de su madre.

Mientras tanto, Lala no paraba de lamerla, como cuando una gata adulta serena a su cría. Intentaba darle su calor y consolar sus penas. La lengua rosada y rasposa producía un chasqueo húmedo, como la de la gata que lamisca desesperadamente a la cría que regresa herida.

Algo se hinchó en mi interior y estalló en un impulso irreprimible. Abracé a la gata y a Momoko echándome sobre la cama. El animal se puso tieso y la niña, sorprendida, dejó de llorar. Los cuatro ojos me miraron a la cara en la penumbra, embargados por una mezcla de sobresalto y curiosidad.

Yo no dije nada. Me quedé callada mientras las acariciaba: a Momoko, la mejilla; a Lala, la cabeza. El cuerpo rígido de la gata se fue distendiendo paulatinamente. Entonces empezó a ronronear.

El aliento de Momoko me rozó la mejilla. Yo le acaricié la cara y ella cerró los ojos, como si se sintiera a gusto. Nuestras tres respiraciones se acompasaron al borde del edredón, creando un pequeño espacio cálido.

Mientras ronroneaba, Lala empezó a dar lengüetazos a mis dedos. Era la primera vez que me lo hacía. Pese a que no solía cohibirse ante extraños, Lala era de costumbres rígidas y jamás lamía la mano ni a mí ni a nadie que no fuese Momoko.

La niña me miró con los ojos bien abiertos. Yo, sonriéndole, acerqué despacio la cara al abundante pelo blanco del vientre de Lala. La gata no hizo ni un gesto. Aquel tacto de pluma me hizo cosquillas en la mejilla; me envolvió un calor que olía a solana. Su ronroneo se me antojó los latidos del vientre materno. Tuve la sensación de que me había convertido en un feto.

—Mamá —dijo Momoko con voz áspera al cabo de un rato.

—Claro que sí, es mamá —contesté. Probé a susurrarle a la gata—: Mamá.

Sin dejar de ofrecernos su blanco vientre, Lala bostezó y comenzó a lamer por turnos mi cara y la de la niña.

Esa noche dormí en la cama de Momoko con ella y Lala. Era una cama cálida, acogedora y segura a más no poder. Debí de dormir a pierna suelta. Ni siquiera me enteré de cuándo volvió Gorō.

Al despertarme por la mañana, Lala ya no estaba. Una luz matinal serena y sin viento inundaba la cortina del cuarto infantil. En la cama, Momoko y yo miramos nuestros rostros recién despiertos y nos sonreímos con complicidad.

A Gorō no le contamos que habíamos dormido juntas. Durante el desayuno, nos miró con recelo al ver que Momoko y yo nos sonreíamos con mayor confianza de la habitual.

—Vaya, vaya —dijo bromeando—. Esta mañana la reina de la casa y su profesora particular están de un humor excelente. ¿Ha habido alguna buena noticia?

—No especialmente —dijo Momoko con un tono precoz para su edad, y tras mirarme, se rio entre dientes.

Yo le devolví una sonrisa.

—Así que el batallón femenino tiene un secreto que no me quiere contar. ¡Pues voy aviado! En esta casa, hasta el gato es hembra. Si os confabuláis, me quedaré aislado e inerme.

Dicho eso, Gorō me miró a mí en vez de a su hija y se encogió de hombros de manera exagerada.

Creo que fue esa la primera vez que percibí en él un ligero indicio de cambio difícil de explicar. Esa mañana me resultó más atractivo que en cualquier otro momento anterior desde que lo conocía. Pese a que la noche previa había vuelto a casa tarde, no tenía los ojos enrojecidos, como les sucede a las personas que no han dormido lo suficiente. De hecho, en su cara había un suave brillo, como una fruta lustrosa recién arrancada del árbol, y su gesto parecía ocultar un entusiasmo efervescente.

—¿Qué significa... «aislado e inerme»? —preguntó Momoko mientras untaba una tostada con mucha mantequilla.

—Significa que estoy solo y desarmado —contestó Gorō sacando el cuerpo sobre la mesa y acercando la cara a Momoko.

Luego le acarició la nuca con los dedos. Momoko se retorció riéndose, como si tuviese cosquillas, abrió la boca y dio un mordisco al pan.

—Eso te pasa porque siempre vuelves tarde a casa, papá. Si volvieras más temprano, no estarías solo. ¿A que no, Masayo?

Yo sonreí, inquieta, procurando que no se me notase la turbación interior. Pensé en preguntarle a Gorō por qué motivo llegaba siempre tarde, pero no dije nada. Él, envuelto en una vistosa bata de cuadros escoceses, se reclinó con todo su peso contra el respaldo del asiento y se limitó a hacer reír a Momoko gesticulando con la mirada, como un humorista.

Era sábado y, a mediodía, Momoko volvía temprano de la escuela. Nos sentamos las dos a la mesa y almorzamos sopa de miso y *omuraisu*.* Prosiguieron las sonrisas cómplices. Apenas hablamos, pero a veces nos mirábamos a la cara e intercambiábamos una sonrisa.

Cuando estábamos a punto de terminar de comer, Momoko posó de repente la cuchara y me miró parpadeando.

—¿Has estado alguna vez en los trigales, Masayo?

—Claro que sí —le dije—. Pero nunca me he metido muy adentro. Son tan grandes que podría perderme.

—¿Quieres que te lleve conmigo?

—¿A los trigales?

—Sí. Conmigo no te perderás. Me los conozco todos. Incluso puedo ir lejos.

No le conté que todos los días, al volver de la compra la veía con Lala en la distancia. Abrí los ojos y asentí.

—¿Me harás de guía?

—Vale —dijo, feliz, Momoko. Incapaz de contenerse, empujó el plato de *omuraisu* a medio comer hacia el extremo opuesto de la mesa.

Era una tarde soleada de otoño. Como hacía fresco, le mandé que se pusiera el abrigo rojo y le enrollé una bufanda blanca al cuello.

Atravesamos una arboleda deshojada cuyas finas ramas se extendían como agujas y nos metimos, la una al lado de la otra, por

* Del francés *omelette*, «tortilla», y el inglés *rice*, «arroz». Plato consistente en arroz frito con otros ingredientes cubiertos con una tortilla de huevo fina. Normalmente lleva kétchup u otra salsa. *(N. del T.)*

la vereda que separaba los trigales. Lala también nos seguía de cerca. Rebosaba energía. Tan pronto aparecía saltando entre el trigo, como se marchaba corriendo y volvía a asomar la cabeza a la sombra de un espantapájaros. Momoko y yo nos reíamos a carcajadas al verla.

Como la gata se había alejado demasiado, Momoko la llamó con voz tensa.

—¡Lala! ¡Si andas corriendo por ahí, vas a caerte en el pozo!

—¿Qué pozo? —pregunté yo—. ¿Hay un pozo por aquí?

—Sí —asintió Momoko orgullosa—. Nadie lo sabe. ¿Quieres verlo?

La verdad es que el pozo me daba igual, pero le contesté que sí, dejándome llevar por mi corazón emocionado de niña. Si me lo proponía Momoko, iría a ver cualquier cosa, fuese un pozo o un avispero.

Ella me agarró de la mano.

—Vamos, te llevo.

Le apreté la mano con firmeza. El camino estaba embarrado después de toda la noche lloviendo. Las espirales de luz que trazaba el sol débil de diciembre se reflejaban suavemente en los charcos de lodo y me dibujaban prismas irisados en las pestañas.

Los trigales, ya cosechados, se habían convertido en un simple erial lleno de baches, pero, gracias a ello, había mayor visibilidad que en verano. Se divisaba el área residencial del ejército estadounidense, que se extendía a lo lejos como una cadena montañosa. Sobre la colina, al otro lado del bosque, también se veía la valla blanca y la casa de los Kawakubo, semejante a un cúmulo algodonoso que flotaba aislado en el cielo.

Ir agarrada de la mano de Momoko me producía una sensación de felicidad increíble. De hecho, era feliz. La noche anterior,

Momoko, que hasta entonces nunca me había abierto su corazón, se había convertido en mi amiga íntima.

Después de un rato caminando, llegamos a una zona poblada por matorral bajo. El sendero terminaba ahí. Al otro lado de las matas, en un descampado dejado de la mano humana y cubierto de hierbas crecidas, solo había una bicicleta oxidada que alguien había dejado tirada en el suelo, como el cadáver de un animal.

Momoko me soltó la mano con cuidado y apuntó hacia delante con su dedito.

—Ahí está. Ese es el pozo.

—¿Dónde?

—¿No ves ese letrero? Pone: PELIGRO. POZO.

A ese lado del matorral había un letrero retorcido clavado en medio de una parte cubierta de maleza en la que apenas daba el sol. Era rectangular, de unos cincuenta centímetros de largo, y llevaba tanto tiempo expuesto al raso que costaba leer las letras, de modo que, visto de lejos, parecía una simple señal abandonada.

Me acerqué y, con tiento, eché un vistazo a la maleza. Descubrí un agujero redondo de aproximadamente un metro de diámetro. Estaba tapado con una alambrera sobre la cual habían clavado unas tablas para salir del paso, pero ambas estaban deterioradas y llenas de musgo, y la alambrera se caía a pedazos sin el mantenimiento adecuado.

No había una bomba ni una polea para sacar agua. Tampoco un brocal alto alrededor. Solo restos de una cerca puesta antaño para evitar accidentes, pero el efecto de la intemperie la había convertido ya en un cadáver tirado en el suelo, enterrado entre la maleza.

Era sin duda lo que se conoce como pozo campestre, pero no estaba claro para qué lo habían cavado. ¿Quizá lo habían hecho campesinos de la zona antes de la guerra para las labores del campo? ¿O había sido el ejército estadounidense para abastecerse de agua potable?

Sea como sea, era un pozo muy rudimentario. Eché con cuidado un vistazo al interior, prestando atención a la cobertura de alambre y a las tablas desgastadas.

Estaba oscuro, no se veía nada. Imposible saber cuántos metros de profundidad tenía.

—Es muy hondo —dijo Momoko acercándoseme por detrás—. ¿Me dejas? Si tiras una piedra, te das cuenta.

Cogió una piedrecilla del suelo y la lanzó dentro por un hueco de la alambrera deshecha. Aguzamos el oído. Unos segundos después, oímos cómo la piedra golpeaba el enorme balde que había en el fondo.

—¿Ves? —dijo Momoko—. Es hondo, ¿a que sí?

—Ya no tiene agua —dije.

—No —dijo Momoko. Se plantó con audacia en el borde del pozo y echó un vistazo con las manos apoyadas en la cintura—. Solo es un agujero. Está seco del todo. Pero hay muchas lagartijas. Una vez, Lala encontró una y estuvo a punto de caerse dentro.

Me estremecí ante la impresión de que Momoko podría resbalar en cualquier instante y caerse en el pozo chillando. Si se caía, con suerte quedaría gravemente herida; si se daba un mal golpe, moriría en el acto.

Pero guardé silencio. A los niños les gusta jugar en sitios peligrosos, lugares que pueden esconder trampas. No hay nada más molesto que un adulto que les advierte de que corren peligro. No quería que Momoko me considerase una adulta pesada. Yo no quería ser su tutora, sino su mejor amiga, su fiel servidora.

Sonreí lo máximo posible, mostrándome sorprendida.

—Seguro que ahí dentro viven más animales, aparte de lagartijas. Quizá también haya murciélagos.

—No lo sé, nunca los he visto. A lo mejor no.

—¿Sabe tu padre que existe este pozo?

—No se lo he dicho. No se lo he enseñado a nadie.

—O sea, es un sitio secreto que solo conoces tú, ¿no?

—Sí —contestó sacando pecho. Tras bajarse del borde del pozo de un ágil salto, arrancó un puñado de hierba con aire avergonzado—. Solo te lo he enseñado a ti.

Yo me ruboricé más que ella.

—Gracias por enseñármelo —le dije—. Será nuestro secreto.

—No. Lala también lo sabe. —Momoko sonrió de buen humor—. Es un secreto entre Lala, tú y yo.

Al otro lado del sendero, una larga y bella cola se sacudió entre la hierba: la gata nos miraba desde lejos. Momoko y yo nos agarramos otra vez de la mano y echamos a caminar.

Volví al pozo pasado un año. No lo visité ni una sola vez entretanto. Y, que yo sepa, creo que Momoko tampoco.

De modo que esa fue la primera y la última vez que fuimos juntas al pozo.

4

Gorō procedía de una familia numerosa. Su madre falleció cuando él estaba en primaria, pero los hermanos de su padre —es decir, todos los tíos y tías de Gorō— vivían en Tokio y alrededores, a excepción de la madre de Mitsuko, que residía en Hakodate. Además, tenía una hermana mayor que estaba casada y vivía en Zushi, en la prefectura de Kanagawa.

Casi todos se dedicaban a la pintura, la música, el cine o la traducción; no había ni un solo miembro de la familia en el ámbito empresarial, nadie que se dedicara al comercio.

Jamás oí directamente a Gorō hablar de ellos. A él no le gustaba tratar con sus familiares; apenas les enviaba postales y casi no se comunicaban. Las que sí me contaban cómo eran esos familiares eran las invitadas que asistían a las fiestas del jardín, esas mujeres peripuestas capaces de pasarse una vida entera chismeando y cotilleando.

—Los Kawakubo son una familia de artistas —me dijo al oído cierta mujer de mediana edad. Aquella señora de atuendo abigarrado, que presumía de haber posado para Kōkichi Kawakubo, fracasaba en el intento de manejarse en un lenguaje refinado y hablaba como si fuera la única persona del mundo que lo supiese todo sobre los parientes de Gorō—. Su progenitor goza de renombre en todo el orbe, y su tío, músico, parece ser que se marchó a estudiar armonía vocal a Italia después de la guerra. La hermana de don Gorō, la que vive en Zushi, practica la pintura de estilo japonés con su marido. Todos son personas cultas y saben idiomas. Dicen que don Kōkichi habla cinco idiomas. ¡Es que hay que ver qué familia tan extraordinaria! Deberías considerarte afortunada por poder trabajar aquí.

Le di la razón. En realidad, quería decirle que mi intención no era trabajar, sino aprender a pintar con Gorō..., pero me contuve. No me apetecía discutir por una tontería con una invitada a su fiesta. Además, aunque le hubiese contado que la tía de Gorō, es decir, la madre de Mitsuko de Hakodate, y yo nos tratábamos como madre e hija, a sus ojos no era más que una empleada del hogar venida de provincias.

Pese a que yo —una chica provinciana que llevaba pocos meses en Tokio, que nunca se maquillaba ni se compraba vestidos nuevos— andaba siempre alrededor de Gorō —ese personaje admirado por todos— y los ayudaba en el hogar tanto a él como a Momoko, no creo que nadie me tomase en serio. A buen seguro, los invitados que frecuentaban la casa de los Kawakubo se habían olvidado de que yo había ido a Tokio para estudiar pintura.

Entre las numerosas mujeres a las que Gorō invitaba a sus fiestas, había varias claramente prendadas de él, y hasta alguien con tan poca experiencia como yo podía advertirlo. Para llamar su atención, a veces contaban chistes subidos de tono, fingían estar borrachas o se arrimaban a él, intentando al mismo tiempo comprobar con astucia qué era lo que Gorō sentía por ellas.

En ocasiones, aquellas escenas se me antojaban tan inmundas que me resultaban insoportables. No tenían ningún reparo en pegarse a él, exhibir sus generosos escotes o poner morritos y cuchichearle cosas al oído delante de la niña.

En esos momentos, la que conseguía mantener la sangre fría no era yo, sino Momoko. Cuando alguna invitada empezaba a coquetear con Gorō, ella cerraba los ojos como si corriera con suavidad una cortina, cogía a Lala en brazos y entraba despacio en casa. Si su padre la llamaba, se limitaba a volverse y sonreír.

A mí, en cambio, me hervía la sangre del asco, y a pesar de ello, me esforzaba por aparentar indiferencia. Daba vueltas por el jardín, como siempre, repartiendo solícitamente bebidas y sándwiches entre el resto de los invitados. Pero en esos instantes se me ponían los nervios de punta, como agujas afiladas. No dejaba escapar ni una sola reacción, ni una sola palabra de Gorō. Mis oídos eran micrófonos enormes; mis ojos, lentes enormes.

Por lo general, Gorō las trataba a todas por igual. Ese era mi único consuelo. No hacía distinciones: a todas les contaba los mismos chistes, con todas usaba las mismas sentencias pedantes y afectadas, a todas las esquivaba con naturalidad, alejándose de ellas.

Sin embargo, en el momento en que se separaba de ellas, nunca se olvidaba de pasarles la mano por la cintura o rodearles el hombro con el brazo. Ese detalle siempre me ponía celosa, a pesar de que solo era su forma de obsequiarlas. Cada vez que él acariciaba con suavidad el hombro, la espalda o las caderas de alguna de ellas con sus finas manos, aunque solo fuese un segundo, yo cerraba los ojos con fuerza e intentaba expulsar de mi vista lo que acababa de ver.

No obstante, aun con los ojos cerrados, el movimiento de su mano siempre quedaba impreso en mi retina como una extraña imagen residual blanca. Yo imploraba absurdamente que no tocase a nadie y que, si tenía que tocar a alguien, ese alguien fuera yo, pero de noche evocaba la imagen en mi mente y me veía obligada a luchar contra unos celos irresolubles.

Visto con perspectiva, me da risa lo banal que era esa envidia, lo fuera de lugar que estaba esa reacción. Desconocía entonces los intensos y lamentables celos que habría de experimentar más tarde. Los celos de esa época no eran más que un juego de mi imaginación. Al constatar la gracia que a Gorō le hacía que aquellas mujeres pintarrajeadas cuyo nombre ni siquiera conocía flirteasen con él, sentía celos y al mismo tiempo me embargaba una dulce alegría por descubrir ese lado estoico suyo.

Solo puedo afirmar una cosa con seguridad: Gorō siempre guardaba las distancias con las mujeres que se acercaban a hablarle. Las observaba, intercambiaba miradas, pero no se fijaba en ellas. Tenía la cabeza en otra parte. ¿Qué necesidad había de sentirme triste, aunque no fuese en mí en quien se fijase? Yo creía que Gorō tenía la mente puesta en un mundo abstracto que a mí me habría costado entender. De veras estaba convencida de ello.

Esa persona, Chinatsu Koshiba, apareció por primera vez en casa de los Kawakubo en abril, un año después de mi llegada a Tokio. Era sábado por la tarde y Gorō había montado una de sus fiestas en el jardín con una decena de invitados.

Debió de ser sobre las tres, en el apogeo de la fiesta. Gorō me llamó con la mano y me dijo que iba un momento a la estación.

—¿Va a comprar algo? —le pregunté. Interpreté que iría a comprar cerveza a la licorería que había frente a la estación, ya que empezaba a escasear.

Pero Gorō dijo en un tono resuelto que no y añadió que tenía que ir a buscar a alguien.

—Es la primera vez que viene.

—En ese caso, deje, ya voy yo —dije con brío, y empecé a quitarme el mandil—. ¿Cómo se llama?

Gorō forzó una sonrisa, como si le hubiera parecido chistoso.

—No, mujer —dijo—. Le prometí que iría en coche. A no ser que conduzcas tú por mí, Masayo.

—¡Imposible! —exclamé abriendo los ojos y negando con la cabeza.

Gorō volvió a sonreír alegremente.

—Regreso enseguida. Por cierto, ¿has visto a Momoko?

Momoko había ido a jugar a los trigales con Lala. Cuando se lo dije, Gorō asintió aliviado y, volviendo sobre sus pasos, se fue hacia el garaje.

Por extraño que parezca, di por supuesto que la persona a la que iba a buscar era un hombre. Creía que si se tomaba la molestia de ir a recoger a ese alguien en coche a la estación sería porque era la primera vez que visitaba la casa... y porque era un hombre mayor que él.

De modo que no di crédito a mis ojos cuando vi que Chinatsu se bajaba con elegancia del coche de Gorō con aquel precioso vestido color crema. Si en ese instante hubiera estado sujetando una bandeja, posiblemente se me habrían caído un par de copas y se habrían roto.

Hacía un día fantástico. Bajo los suaves rayos de sol de aquella tarde de primavera, la mujer pisó suavemente el pavimento con unos tacones finos y puntiagudos también de color crema y se volvió hacia Gorō sonriendo con la candidez de una niña.

—¡Qué casa tan bonita! ¡Qué maravilla!

Los comentarios me llegaron a los oídos en el jardín. Tenía una voz clara de soprano con el timbre alegre de una campanilla. Si sonaba artificiosa quizá era porque ella misma daba sensación de producto fabricado de la cabeza a los pies. Parecía una actriz extranjera de las que salían fotografiadas en las revistas de cine. La comparación puede resultar demasiado mediocre, pero mi primera impresión fue esa.

Su suave pelo caía en grandes tirabuzones de color castaño oscuro que le llegaban hasta debajo de las orejas. Llevaba los carnosos labios pintados de rosa. Tenía unas cejas finas, largas y bonitas. Unos ojos negros enormes muy diferentes de los de las japonesas. Una barbilla pequeña y un tanto respingona.

No cabía duda de que era hermosa, pero, sobre todo, coqueta. Me costó determinar su edad, aunque me pareció que rondaría los veinticinco o veintiséis. En realidad, tenía treinta años, igual que Gorō, pero creo que lo que la hacía parecer claramente más joven eran los andares joviales y briosos, y la expresividad de su rostro, mostrando interés por todo y sin parar de sonreír y sorprenderse. De no ser por aquel toque de artificialidad que escondían todos sus gestos y movimientos, sería la actriz perfecta, además, de nacionalidad incierta, y una mujer irreprochable se mirase por donde se mirase.

Tenía un talle asombrosamente fino. Si las piernas que asomaban bajo el bulto de la falda fruncida hubiesen sido rechonchas, quizá lo habría juzgado artificial y me habría reído de ella, pero se notaba a simple vista que la delgadez de su cintura no se debía a un corsé ceñido hasta la náusea.

Sí. Aquella mujer era como una Barbie. Sobre la delgada cintura sobresalían dos bellos pechos constreñidos por el vestido, de modo tal que la tela se estiraba y se encogía ajustándose con cada movimiento. El escote, fino y cortado en pico, se amoldaba con precisión a su cuerpo, sin descolocarse jamás.

Al bajarse del coche, Gorō se pegó a ella como si estuviera escoltándola y sacudió la mano en alto hacia los invitados. Por todo el jardín se extendió una ola de murmullos en la que se mezclaban reacciones de sorpresa, elogios, suspiros y una pizca de malicia.

—¿Quién demonios es esa belleza? —no paraban de preguntarse en voz alta los nuevos amigos de Gorō que visitaban la casa—. Parece... una rosa en un estercolero.

—¡Qué malos! —Una de las allí presentes se rio con el ceño fruncido—. Me figuro que el estercolero somos nosotras, claro.

Otra de las invitadas miraba a Gorō de hito en hito, cruzada de brazos.

—Yo preguntándome dónde se había metido y resulta que había ido a buscar a esa belleza. ¡Menudo es Gorō Kawakubo! —dijo, asombrada.

—¡Eh, *playboy*! —se burlaron a coro los hombres—. Venga, preséntanos de una vez a esa preciosidad.

Sin pizca de vergüenza, Gorō plantó a aquella mujer con aspecto de Barbie en medio del círculo de invitados y la presentó:

—Es Chinatsu Koshiba. Una amiga.

—¿Una amiga? —soltó alguien con un tono fuera de lugar—. Vaya manera más práctica de llamarlo. Así, hasta las relaciones secretas son amistades.

Gorō rio entre dientes. Yo esperaba algún tipo de justificación, y me quedé mirándolo nerviosa a ver qué decía. Pero no dijo nada.

Uno de los invitados le llevó una bebida a Chinatsu. Ella respondió con un breve «gracias», cogió el vaso de cerveza y lo levantó ligeramente hacia el resto. Sus largas pestañas dibujaron un suave arco sobre los ojos entornados. En el gesto que esbozó aquel rostro lindo y menudo no había vergüenza ni perplejidad, sino seguridad en sí misma y, sin embargo, una naturalidad pasmosa. Los presentes sonreían y no paraban de mirar a Gorō y a Chinatsu mientras pensaban en cómo entablar conversación.

Un aspecto positivo de los amigos de Gorō, típico de la gente de la ciudad, es que no se inmiscuían en las relaciones ajenas. Cuando querían indagar, siempre recurrían a la broma. Una vez terminado aquel juego semejante a una fórmula de saludo, acogían al recién llegado en el grupo como si nada sucediese... Así era habitualmente y así fue en esa ocasión.

Alguien, creo que una invitada, lanzó un comentario elogioso acerca del vestido de Chinatsu, lo cual dio pie a una conversación banal entre las mujeres. Ella respondía con sinceridad a cualquier cosa que le preguntasen. Les habló del comercio en el que le habían confeccionado el vestido, de una revista de moda con diseños fantásticos, de a cuánto estaba la tela, de un método para conseguir que la cintura pareciese más delgada, y lo hacía con tal desparpajo que no parecía que fuese la primera vez que hablaban. Todos estaban enganchados a su conversación, y saltaba a la vista que aquel rostro radiante los tenía embelesados.

No sé si se debe a que los amigos de Gorō, sin excepción, eran abiertos y liberales o a que la propia Chinatsu era versada en las maneras de socializar de Occidente, pero no tardó ni quince minutos en tratar con los invitados como si fueran amigos de toda la vida. Sigo sin poder olvidarla en el gran jardín de los Kawakubo, bajo los alargados rayos de sol vespertinos, bromeando con los invitados, riéndose y contando anécdotas mientras movía los brazos, gesticulaba y se encogía de hombros como hacían los norteamericanos.

Un aura dorada brillaba a su alrededor. Era la primera vez que me encontraba a una mujer como Chinatsu. Era dinámica, sentía curiosidad por todo, como un cervatillo; repartía espléndidas sonrisas a diestro y siniestro, pero nunca conservaba el mismo gesto más de diez segundos seguidos. Me sorprendía la sutilidad de las variaciones que su cara exhibía constantemente. Sí. Era como un rostro reflejado en la superficie de un lago cuyas aguas se agitan cada poco.

Clavé la vista en ella a fin de discernir una expresión que le fuera propia, pero resultó en vano. Aunque suene extraño, las facciones de Chinatsu Koshiba tal como la recuerdo hoy en día siguen mutando sin descanso: Chinatsu riéndose. Chinatsu mirando triste al infinito. Chinatsu de mal humor. Chinatsu entornando los ojos para seducir a un hombre. Chinatsu enfadada. Chinatsu maquinando algo en su cabeza. A todas ellas les falta un anclaje, como si se tratase de personas diferentes.

Ella era esa clase de mujer. Todas las caras que ponía no eran más que gestos efímeros con la capacidad de devenir en cualquier cosa. Si le hicieran diez fotografías, en las diez aparecería una Chinatsu completamente distinta. Así era ella y esa era su gracia.

Nunca pude comprender dónde residía su encanto y sigo sin llegar a ninguna conclusión. Ella jamás mostraba a los demás esa especie de núcleo que llevamos dentro. Las personas capaces de interpretar a numerosos personajes fascinantes para ocultar su verdadero yo suelen encandilar a los demás, y Chinatsu Koshiba era justo ese tipo de mujer. Quienes se acercaban a ella caían rendidos a sus pies. Su atractivo era, como si dijéramos, un fulgor inexplicable. Creo que todo el mundo, incluido Gorō, se esforzaba por analizar su personalidad. Pero nadie, incluido Gorō, supo nunca en qué pensaba realmente ni qué pedía Chinatsu a la vida.

Dado que la conversación giraba en torno a Chinatsu, Gorō se había quedado sin nada que hacer. Fue a cambiar el disco de jazz moderno que había estado girando hasta entonces por otro de Eddie Fisher. La melodía empalagosa de «Oh! My Pa-Pa» empezó a sonar por todo el jardín.

Me acerqué sigilosamente a su lado. Estaba sentado en la mecedora blanca que había en la terraza de la sala de estar, y me ofreció una silla libre. Le di las gracias y me senté.

—¡Qué guapa es! —dije intentando sonar lo más natural posible—. Es la más guapa de todas sus invitadas. Me he sorprendido al verla.

Él encendió un cigarrillo. Luego frunció el ceño como queriendo evitar el humo, y a mí ese gesto me pareció una manera de ocultar los sentimientos que brotaban de su interior, pero quizá fuesen imaginaciones mías.

—¿Es una actriz o algo así? —pregunté con el mismo tono que una estudiante muerta de curiosidad.

—No —contestó Gorō mientras expulsaba despacio el humo—. Todos me preguntan lo mismo. Pero no. Nunca ha trabajado de actriz ni de modelo. Era intérprete. Del ejército de ocupación.

—¿Intérprete?

—Sí. Y no me refiero a que chapurreara cuatro palabras de inglés con los soldados. Es una mujer preparadísima, fue a la universidad femenina Tsuda. Cuando estudiaba empezaron a llegarle encargos profesionales de interpretación. Ahora trabaja de guía turística para extranjeros.

—¿Está... soltera?

Gorō me miró entornando los ojos.

—Sí, ¿por qué?

—No, por nada —dije con una sonrisa torpe—. Me preguntaba si estaría casada.

Él apartó la mirada sin ningún gesto de recelo. Dirigió la vista hacia Chinatsu, que estaba riéndose a carcajadas en el jardín. Una luz triste se iluminó y se apagó en sus ojos en un instante.

Yo me agarré con fuerza a los bajos del mandil buscando algo que decir.

—Qué raro que esté soltera con lo guapa que es, ¿no?

—Es que se quedó viuda. —Gorō separó la mirada de Chinatsu y, con una risita, sacudió la ceniza del cigarrillo sobre la terraza. Aquella risa se podía interpretar de varias formas: irónica, resignada, maliciosa, simplemente cordial...—. Su difunto marido era norteamericano. Tú también sabes lo que eso significa, ¿verdad, Masayo?

Me vino a la mente la expresión «novia de guerra», pero me pareció que no era el caso, así que me quedé callada.

—Se trata de algo que pasa con frecuencia. —Gorō volvió a sonreír de manera ambigua—. Las mujeres que interpretan para el ejército de ocupación suelen acabar viéndose envueltas en líos amorosos. Ella se quedó prendada de un oficial. Era muy apuesto. Además era un hombre fuerte, duro de matar. Los dos vivieron un amor apasionado, como los de las películas y las novelas, y se mudaron a la tierra de él, una ciudad de provincias de Estados Unidos. Pero murió de repente hace dos años.

—Ah, ¿sí? —dije yo en voz baja—. ¿Y por eso ha regresado a Japón?

—Exacto.

—Y ¿usted la conoce desde hace mucho tiempo?

—Pues sí. —Algo le hizo gracia y se echó a reír—. Tanto que casi hemos criado moho.

Yo misma me asombro de lo ingenua que era. Tan pronto supe que Chinatsu y Gorō eran viejos conocidos y ella se había quedado viuda, me convencí de que la había invitado a la fiesta por mera amistad, para animar a una vieja amiga que debía de sentirse sola. Aún me ruborizo cuando recuerdo la alegría que sentí al creer que todos los amores nacen de primeros encuentros, que era imposible que dos viejos amigos se enamorasen.

No le pregunté nada más sobre Chinatsu. En parte, porque no quería que pensara que era una fisgona y una pesada.

Luego vi que la niña entraba en el jardín con Lala en brazos. Sin saber cómo cambiar de tema me dije medio aliviada: «Ahí está Momoko», y me levanté.

—Señor Kawakubo, ha vuelto Momoko.

Gorō asintió y aplastó el cigarrillo contra el suelo. Al ver a la niña, los invitados la llamaron a coro por su nombre, pero ella siguió recta sin inmutarse y se acercó a nosotros apurando el paso. La rebeca rosa, desabrochada, se agitaba al compás; con las sacudidas, Lala se cayó de entre los brazos de Momoko y rodó sobre el césped convertida en un ovillo de lana blanca.

—Fíjate, papá. Mira cuántos tréboles blancos había al lado de los trigales.

Momoko ofreció jadeando un ramillete de tréboles blancos a su padre. A Gorō se le iluminaron los ojos.

—¡Oh! Ya estamos en la temporada.

—Lala se ha estado revolcando entre las flores. Enseñaba la panza y ronroneaba. Ha sido muy gracioso.

Momoko se rio entre dientes y miró a la gata, que había empezado a lamerse en la terraza. Gorō observaba sonriente a la niña; sin embargo, noté que una especie de nerviosismo cruzó un segundo su mirada.

—Oye, Momoko —el padre se inclinó despacio y rodeó con las manos los brazos de la niña—, quiero presentarte a alguien. ¿Te parece bien?

—¿A quién? —Momoko olía los tréboles que tenía en la mano, medio en la luna.

Gorō acercó deliberadamente la cara a las flores, como ella, y se puso a olisquearlas haciendo ruido. A Momoko le hizo gracia y se rio en bajo.

—Es una amiga de papá. Es la primera vez que la invito a una fiesta.

—Ah —dijo Momoko mirándolo de pasada, los ojos vueltos hacia arriba, con esa mirada tan característica de ella; una mirada suspicaz y al mismo tiempo de aparente indiferencia con la que atravesó a su padre.

Gorō se mostró ligeramente perturbado o consternado, algo que era impropio de él, pero debí de ser la única que se dio cuenta. Al instante volvió a ser el de siempre y llamó a Chinatsu en voz alta para que se le oyera bien.

—¡Chinatsu-chan! —dijo. Pero a mí no me sonó a «Chinatsu-chan»; me sonó como «Chinacchan»...

Tan pronto como pronunció su nombre, noté que era una forma de llamarla familiar y cercana a la que ya debía de estar habituado, como un pedazo blando de gelatina sobre su lengua.

Chinatsu estaba hablando con dos o tres hombres en medio del jardín y a veces nos miraba de soslayo, como con curiosidad. Cuando Gorō la llamó, se acercó y subió a la terraza con paso lento. Esa manera pausada de moverse, como si se esperase ya todo lo que iba a suceder, contrastaba con la actitud de él.

—Te la presento —dijo Gorō mirando a Chinatsu y moviendo los pies en exceso, con el rostro tan tenso que incluso daba lástima.

—Encantada. —Chinatsu se inclinó y sonrió a Momoko—. Soy Chinatsu Koshiba, una amiga de tu papá. Mucho gusto.

Una sonrisa espléndida se extendió por todo su rostro. Tan espléndida que eclipsó los tréboles blancos que Momoko sujetaba en la mano.

Se quedó así, sonriendo pacientemente, pensando quizá que Momoko le diría algo. Pero la niña guardó silencio y solo torció la comisura de los labios lo mínimo imprescindible para no resultar antipática.

—¿No la saludas, Momoko? —Gorō la atrajo hacia sí agarrándola por el hombro—. No seas maleducada.

Momoko miró a su padre, luego observó inexpresiva los tréboles que tenía en la mano.

—Hola —dijo con indiferencia.

A todos les sonó como esa especie de gemido que emiten los animales pequeños cuando se ponen en guardia, aunque a Chi-

79

natsu no pareció molestarle, y apoyó la mano con suavidad en el hombro de la niña.

—Qué flores tan bonitas. ¿Dónde las has encontrado?

—En los trigales —contestó Momoko en voz baja.

—¿En los trigales? —preguntó Chinatsu—. Ah, claro. Esta zona está rodeada de trigales, ¿verdad? ¿A qué sueles jugar allí?

—A muchas cosas. —Fue lo único que respondió Momoko tras torcer la boca.

—¿A qué cosas, por ejemplo? ¿Juegas a las casitas con tus amigas? ¿O quizá al escondite?

Momoko resopló por la nariz fríamente.

—No hago nada —soltó.

Gorō se rio con ganas para mediar en la conversación.

—Qué chistosa eres, Momoko. ¿Por qué te pones tan nerviosa?

—No estoy nerviosa —espetó la niña, y vino a mi lado dándole la espalda a Chinatsu—. Eh, Masayo —me dijo luego con una voz poco natural de lo aguda que era—, ¿hacemos un collar con los tréboles? A ti se te da bien hacer collares.

No sabéis qué perversa sensación de triunfo tuve al ver la cara de perplejidad que por un instante pusieron Gorō y Chinatsu. Momoko no solo no había dado ninguna muestra de interés por Chinatsu, sino que apenas le había hecho caso. Y había acudido a mí. Yo era la única con la que se llevaba bien. No hacía buenas migas con nadie más, aparte de su padre. Y esa idea hizo que me sintiera victoriosa.

Dejé sobre la mesa los tréboles que me había dado Momoko y me puse a engarzarlos mientras tarareaba al son de la música del tocadiscos.

—¡Fantástico, Masayo! —gritó Momoko—. Qué bien se te dan los collares.

—Mañana te haré una comba para saltar —le dije—. Sé hacer unas cuerdas preciosas.

—¿Una comba? ¿También sabes saltar a la comba?

—Claro que sí, pero tendrás que ayudarme.

—Sí, te ayudaré. ¿A qué hora empezaremos?

—Después de comer, ¿de acuerdo?

—Claro que sí.

Gorō se apresuró a presentarme a Chinatsu, como queriendo solventar la situación incómoda que se había producido. Ella se inclinó en una reverencia elegante al mismo tiempo que me brindaba la espléndida sonrisa que le había mostrado a Momoko.

—Encantada. Soy Chinatsu Koshiba.

—Mucho gusto. —Me levanté y le devolví el saludo inclinando el torso en un gesto puramente formal.

Chinatsu se dirigió a mí después de intercambiar una mirada un tanto enigmática con Gorō.

—Así que es usted la profesora particular de Momoko. Gorō me ha hablado de usted. Y... ¿de dónde viene?

El hecho de que Gorō solo le hubiese comentado de mí que era la profesora particular de la niña me sentó mal, sin motivo alguno.

—De Hakodate —contesté sin parar de hacer el collar.

—Vaya, las dos somos de Hokkaidō —dijo ella fingiendo sorpresa—. Yo nací en Otaru. ¿Verdad, Gorō?

—Pues sí. Ambas habéis nacido en pueblos costeros.

Lo miré de reojo. Él no me prestaba atención: estaba mirando el perfil de Chinatsu.

—Hasta luego, Momoko —dijo ella alegremente, mirando primero a la niña, luego a mí, como insinuando que la frialdad que Momoko demostraba era habitual en los niños—. Ya me enseñarás el collar cuando esté terminado.

Momoko hizo oídos sordos y se quedó observando cómo mis manos enhebraban las flores.

Al atardecer, los invitados habían regresado a sus hogares y ya solo quedaba Chinatsu en casa de los Kawakubo. Pese a que era yo quien solía encargarse de hacer la compra para la cena, ese día Gorō se llevó a su amiga en coche a comprar carne cerca de la estación. Fue él quien frio los bistecs. Gorō y Chinatsu estuvieron muy habladores durante la cena, pero me di cuenta de que también estaban muy atentos a la niña. Todo lo que hablaban entre ellos se lo explicaban a Momoko para que lo entendiese, y si la niña sonreía un poco, se miraban a la cara aliviados y suspiraban tan bajo que apenas se oía.

A la hora del postre, Gorō le puso a Chinatsu varios de sus discos favoritos. Ella le contó sus vivencias en Estados Unidos. La mayor parte, anécdotas sin gracia. Gorō se reía con ganas y a veces nos repetía las mismas palabras a Momoko y a mí, como interpretando lo que Chinatsu acababa de decir. Yo me reía o mostraba asombro por pura cortesía, pero Momoko permanecía callada.

Tras una buena hora, Chinatsu agarró su bolso mientras lamentaba tener que marcharse.

—Me lo he pasado muy bien —dijo con aire de haberlo pasado bien de verdad. Luego sacó la polvera delante de nosotros y se arregló el maquillaje. Al terminar, miró enternecida a Momoko—. Me gustaría quedarme más rato, pero tengo que irme. Otro día vengo a jugar contigo, Momoko.

La niña soltó una risita de persona mayor y cogió en brazos a Lala, que estaba tumbada a su lado.

—Qué gato tan bonito —dijo Chinatsu. Era la primera vez en todo el día que demostraba interés por el animal—. ¿Cómo se llama?

—Lala.

—Ajá —asintió Chinatsu, y llamó a la gata por su nombre. Lo hizo de una manera protocolaria, como cuando alguien llama a un bebé ajeno con el que no guarda ningún vínculo.

Momoko abrazó con fuerza a Lala y pegó los labios a su hocico. La gata le lamió la boca.

—Es la mejor amiga de Momoko —dijo Gorō—. Siempre juega con ella.

—¿No juegas con tus amigas del colegio?

—¿Qué contestas, Momoko? —preguntó su padre.

Momoko negó con la cabeza.

—Eso no puedo ser. —Chinatsu levantó el índice delante de la niña y lo movió hacia los lados como un limpiaparabrisas—. Deberías hacer muchas amiguitas, Momoko. Puedes ser amiga de esa gata, pero también tienes que hacer muchos amigos humanos.

—Ya tengo a Lala —objetó Momoko con la voz empañada—. Me basta con ella. No necesito amigos.

Tan pronto como acabó de hablar, se retiró deprisa a su habitación con Lala en brazos.

—Creo que le ha molestado, ¿no? —Chinatsu soltó un pequeño suspiro. Su manera de hablar transparentaba la impresión que le había causado la respuesta de la niña—. Lo siento, Gorō. Pídele luego perdón de mi parte.

—Mañana ya lo habrá olvidado —dijo Gorō risueño y la cogió del brazo—. Venga, vamos. Te llevo a la estación.

Chinatsu asintió con la cabeza y se puso en pie. Yo los acompañé hasta la entrada. Quería observar cómo se arrimaban, cómo se rozaban al entrar en el garaje para subirse al coche. Salí afuera sin hacer ruido y me escondí en la oscuridad, pero el garaje estaba demasiado oscuro y no se veía nada.

Al regresar, después de haber llevado a Chinatsu a la estación, Gorō fue enseguida a la cocina. Yo fregaba los platos, y él se metió en la boca una de las fresas de postre que Momoko había dejado.

—Perdón por lo de esta noche.

—¿Por qué lo dice?

—No era mi intención invitar a Chinatsu a cenar, pero al final una cosa llevó a otra y acabó quedándose. Creo que debí haberte avisado antes.

—Quite, quite. No pasa nada. —Seguí fregando con la cabeza gacha.

Gorō carraspeó.

—Me habló de ti.

—¿Mmm? —Me volví despacio hacia él.

—Me dijo que eres una chica encantadora.

Me puse colorada muy a mi pesar, consciente de que aquello era en realidad un cumplido manifiesto hacia mi persona por parte de Gorō y una disculpa por haber invitado a cenar sin previo aviso a una desconocida, con lo cual había alterado mi plan para ese día.

—No se ría de mí, señor Kawakubo —dije en voz alta—. Que una mujer tan guapa diga eso de mí hace que me sienta más insegura.

—Si tú, Masayo, no te sientes segura de ti misma, el resto de las chicas de tu edad tampoco deberían. Chinatsu tiene razón: eres encantadora. No es fácil ser tan guapa sin maquillarse ni nada.

Pensé que aquel hombre solo estaba intentando ser cortés. Le daba vergüenza haber revelado sus sentimientos por Chinatsu y trataba de compensarme de algún modo, lo cual me irritó sobremanera.

Callada, cerré el grifo a lo bruto y empecé a secar la vajilla con un trapo. Gorō se quedó allí quieto un rato, pero luego susurró: «¿Por qué será?» con un tono de desconcierto.

—Esta noche, todas estáis de mal humor en el bando de las mujeres. Hasta Momoko y Lala me han estado evitando.

Yo me volví hacia él sin contestarle.

—¿Va a darse un baño?

La pregunta le hizo gracia.

—Si me preguntas enfadada si voy a bañarme, parece que llevemos veinte años casados.

Por un instante, me puse en tensión. Él se rio.

—No, no voy a bañarme. Esta noche dormiré todo sucio.

Yo le sostuve la mirada en silencio. Él se llevó a la boca una segunda fresa, me dio las buenas noches y levantó la mano.

—Masayo, no hace falta que recojas, descansa.

Esa noche soñé que Chinatsu y Gorō se iban adentrando agarrados de la mano en un bosque muy pero que muy profundo. Él se daba la vuelta y nos saludaba sin parar a Momoko y a mí con el brazo en alto. Momoko miraba hacia otro lado y me cogía de la mano.

«Venga, Masayo. Vamos a hacer una comba de tréboles.»

A lo lejos se oyó la tenue voz de Gorō.

«No eres tú con la que parece que lleve veinte años casado. No te confundas.»

Las carcajadas de Chinatsu retumbaron en el bosque. Los árboles eran negros, y una infinidad de cuervos salió volando al oír aquella risa.

«Masayo, Masayo —era la voz de Momoko—, vamos a hacer una comba.»

Volví a agarrarla de la mano y di la espalda al bosque.

«Se ha llevado a tu papá», le dije, y Momoko encogió los hombros de un modo exagerado.

«No importa. Ya lo traeré luego de vuelta.»

«¿Cómo? ¿Cómo vas a traerlo de vuelta?»

«Matando al monstruo —contestó Momoko con un tono demasiado maduro para su edad—. Es que en realidad es un monstruo. No se llama Chinatsu.»

La voz de Momoko empezó a chirriar y a transformarse en una voz espectral. «En realidad es un monstruo. No se llama Chinatsu. En realidad es un monstruo. En realidad es un monstruo.»

Solté un chillido y me incorporé con un respingo. Luego ya no volví a pegar ojo en toda la noche.

5

A partir de entonces, Chinatsu empezó a visitar la casa de los Kawakubo una vez por semana. Normalmente iba las tardes de los sábados, cenaba con nosotros y se marchaba siempre pasadas las ocho.

Los días que ella venía, Gorō estaba intranquilo desde buena mañana: ordenaba la casa, salía a comprar, no paraba ni un instante. Y al llegar la tarde, siempre iba a recogerla a la estación. Luego se iban a dar un paseo en coche a algún sitio y no regresaban hasta casi una hora después.

Cada vez que la veía, Chinatsu estaba más guapa y refinada. Jamás llevaba la misma ropa, siempre sorprendía a todo el mundo con su exquisito gusto para vestir. Llegué a sentir vértigo de lo radiante que estaba cuando se ponía aquel sombrero de paje enorme y el vestido blanco sin mangas en los días en que la intensidad de los rayos de sol evocaba el verano. Aquel vestido fino ceñía sus caderas, marcando el contorno carnoso de su cuerpo, y yo imaginaba que, si se subiera así vestida a un tren, quizá alguien le pediría un autógrafo al tomarla por una actriz famosa.

Sin embargo, a veces también se vestía de un modo más informal; por ejemplo, con pantalones pirata oscuros y una camisa de hombre con los bajos atados, o se ponía una falda plisada azul marino y una blusa blanca impecable como las que llevaban las

universitarias... Daba la sensación de que alternaba lujo y senci-
llez, romanticismo y erotismo, pero, en cualquier caso, poseía un
atractivo que fascinaba a todo el mundo y llegaba a ensombrecer
la impresión que les producía su vestimenta.

Poco a poco, Gorō empezó a comportarse de forma más atrevi-
da delante de Momoko y de mí: agarraba a Chinatsu por la cintura,
y a veces, en pleno día, la besaba con suavidad en los labios a la
sombra del árbol que había en un rincón del jardín, junto al estanque. Ella siempre se dejaba. No soltaba ningún ruido indecente,
pero en lugar de rehuirlo con recato, aceptaba sus caricias como
las hojas de los árboles cuando se mecen a merced de la brisa.

Era imposible no darse cuenta de lo que significaba esa relación entre los dos. No cabía ninguna duda de que Gorō, que había perdido a su esposa y aún tenía treinta años, y Chinatsu, que
acababa de quedarse viuda de su marido estadounidense, estaban
locamente enamorados el uno del otro.

Reflexioné desesperada sobre qué cambios había notado en
Gorō desde que Chinatsu había comenzado a aparecer por casa.
Cuando me instalé con ellos para cuidar de Momoko, él siempre
cenaba con nosotras. Muy de vez en cuando, las noches de los
viernes y los sábados no volvía a casa, pero en general era raro que
regresase más tarde de las nueve.

¿Cuándo empezó a llegar después de las diez y las once, incluso durante varios días seguidos? Cada vez que intento recordarlo
me viene a la mente aquella mañana de invierno.

La mañana siguiente a la noche de tormenta en que por primera vez Momoko y yo establecimos un vínculo emocional... Esa
noche ventosa en la que dormimos en la misma cama, arrimadas
a Lala, a quien considerábamos una madre, como si fuéramos sus
crías. Ese día, Gorō debió de regresar casi de madrugada. Y a pesar de que seguramente no había dormido, a la mañana siguiente

apareció para el desayuno, ataviado con su bata de cuadros escoceses, con un gesto joven y pletórico.

Esa mañana fue la primera vez que percibí que algo no encajaba del todo en él. Con todas las amistades que tenía, era frecuente que saliera a cenar o a tomar una copa, pero al día siguiente siempre se le notaba un tanto cansado. Esa mañana, en cambio, no fue así. Estaba lleno de energía; es más, su atractivo físico era mayor de lo habitual.

¿Qué había sucedido la víspera? ¿Quizá había cenado con Chinatsu en Ginza y luego habían dado un paseo por el parque, a pesar de la tormenta? ¿Lo habría invitado Chinatsu a su casa y habrían contemplado el cielo por la ventana arrimados el uno al otro? ¿O tal vez habían ido en coche hasta Hakone, a alguna posada rústica apartada, y, vestidos con *yukata*,* habían hecho el amor toda la noche?

Tengo la sensación de que esa velada supuso un punto de inflexión que lo cambió todo. Desde entonces, empezó a volver tarde noche sí, noche también. Pero, por muy tarde que llegase, a la mañana siguiente durante el desayuno sus mejillas bronceadas sonreían satisfechas y más radiantes que de costumbre, y él encadenaba un chiste tras otro mientras nos miraba a Momoko y a mí con aquellos ojos cristalinos y descansados, como si hubiese dormido un día entero.

Era evidente que estaba enamorado de Chinatsu. Se había enamorado de ella mucho antes de que yo la conociese. En la época en la que yo me entregaba a fantasías románticas sobre la difunta Yuriko, él ya la había olvidado y pensaba a todas horas en aquella mujer semejante a una Barbie. Esa idea me produjo

* Especie de kimono sencillo que suele ponerse a modo de bata en las *ryokan* o posadas tradicionales. *(N. del T.)*

unos celos tan espantosos que fui incapaz de encontrarles ni el menor atisbo de solución.

Mi única salvación era Momoko. A ella Chinatsu no le había caído bien. Ni siquiera había hecho el menor esfuerzo por llevarse bien con ella.

No sé qué opinión tendría Momoko de Chinatsu al principio. En cierto sentido, creo que puede que simplemente sintiera una enorme antipatía por ella. Tratándose de una desconocida que de pronto había ido a entrometerse en la plácida relación existente entre ella y su padre, no era de extrañar que la odiase y quisiera liberarse de esa mujer.

Pero ¿qué pensaba en verdad? La niña solo la trató con frialdad el día que se conocieron. A medida que Chinatsu empezó a entrar y salir de la casa con asiduidad, Momoko dejó de hacer comentarios mordaces y de lanzarle palabras cargadas de desprecio. Siempre se comportaba con indiferencia. Eso es. Como con las invitadas que coqueteaban con Gorō apoyándose en él durante las fiestas.

A veces parecía una muestra de falta de interés por Chinatsu, pero otras, desengaño con respecto a su padre.

Cuando nos quedábamos a solas, yo jamás hablaba mal de Chinatsu ni me atrevía a preguntarle qué pensaba de ella. Creo que Momoko me imponía. Con solo imaginármela diciéndome: «Chinatsu es una amiga de papá. ¿Por qué te cae tan mal?», con ese tono propio de una adulta avispada y buena conocedora de las relaciones humanas, el miedo que me entraba me impedía preguntarle nada.

Dado mi silencio, ¿desearía también ella saber en qué pensaba yo? ¿O será que su deseo inconsciente de negarle el trato a Chinatsu y deshacerse de ella acabó confluyendo con el mío? El caso es que, desde la aparición de Chinatsu, el vínculo entre Momoko y yo se hizo más profundo que antes.

Por lo general, Momoko andaba conmigo. Cuando teníamos un rato libre, nos llevábamos a Lala a jugar a los trigales, recogíamos flores en las lindes, nos sentábamos, abríamos el cuaderno de bocetos. En esa época también compartíamos el placer secreto de ir a comprar los polos que Gorō le había prohibido terminantemente. Nos hicimos amigas del viejo que regentaba aquel sucio puesto de golosinas sin ningún aprecio por la higiene delante de la estación y, en ocasiones, él nos daba de regalo algún caramelo de origen desconocido y aspecto más que dudoso. Los polos eran fríos y empalagosos, y al terminar de comerlos dejaban la lengua teñida de naranja. En cuanto nos los acabábamos, sacábamos la lengua y nos reíamos del color.

Pese a que algo, un presentimiento aciago, se cernía con la fuerza de un ciclón, cada vez que recuerdo ese verano, la nostalgia hace que se me salten las lágrimas. Nunca había vivido un verano tan bonito. Las cigarras y los pajarillos cantaban en el bosque los días de sol; en los días lluviosos, cálidos chaparrones trazaban un sinfín de delgadas líneas oblicuas sobre el trigo. Las florecillas brotaban formando franjas verdes en las lindes, y por todas partes florecían brillantes los girasoles y la salvia.

Adondequiera que fuésemos, sentíamos los efluvios de aquella hierba sofocada por la profusión de luz. Momoko y yo nos pasábamos el día sentadas en la arboleda desde donde se contemplaban los trigales, sin importarnos aquel calor que nos hacía jadear; no nos cansábamos de admirar cómo el sol inclemente descendía hasta esparcir su arrebol por todo el cielo mientras espantábamos con la punta de los dedos del pie las hormigas que nos hacían cosquillas a su paso.

Los sábados, al terminar de almorzar, sobre todo, salíamos incapaces de contener las ganas, como si compitiéramos la una con la otra. Las tardes de los sábados apenas pisábamos la casa.

Nos llevábamos a Lala con nosotras y deambulábamos por los trigales. Cuando nos cansábamos, nos sentábamos a la sombra de los árboles de la colina, pintábamos en hojas de papel y nos entreteníamos charlando sobre cualquier trivialidad. Al cabo de un rato, se oía a lo lejos el ligero ruido de un automóvil. Allá al fondo, un turismo de color granate pasaba levantando polvareda por la carretera sin asfaltar para autobuses. No se sabía quién iba dentro. El vehículo cruzaba despacio la vía al otro lado de los trigales y subía la cuesta suave que comunicaba con la casa de los Kawakubo. El sol abrasador se quebraba contra la luna trasera en un reflejo blanco. El coche reducía la velocidad, ascendía la colina y se detenía en silencio delante de la valla blanca de la casa.

Yo fingía estar concentrada en el dibujo, pero en realidad miraba fijamente aquella valla que daba un aspecto de granja pequeña a la casa de los Kawakubo. Dos personas del tamaño de una cerilla se apeaban del coche. Chinatsu iba tapada con un tocado, y el vuelo de su falda se meneaba al atravesar a paso rápido la entrada de la mansión. Gorō la seguía. Ambos entraban en el jardín la una al lado del otro. A continuación, echaban un vistazo al interior de la casa desde la terraza.

Al darse cuenta de que ni Momoko ni yo estábamos, regresaban al porche de la entrada y, allí plantados, se miraban un instante. Luego, ambos se ocultaban tras la sombra de los árboles y desaparecían de la vista.

Gorō tuvo que darse cuenta de nuestro pequeño cambio de actitud. Era un hombre que, hacia fuera, siempre quería aparentar ese carácter bufonesco de vodevil, pero en realidad tenía una capacidad extraordinaria para leer el estado de ánimo de la gente. Si algo insólito había en él era que jamás preguntaba a los demás cómo se encontraban.

La verdad es que nunca lo vi intentar asomarse con gesto serio al corazón de nadie. Jamás le preguntaba al otro qué sentía, por qué se había conmovido, qué era lo que le preocupaba. Nunca he vuelto a conocer a nadie como él, nadie que quisiera aparentar indiferencia por el estado de ánimo de los demás. Mantenía una actitud como si creyese que la dimensión psicológica no existía en ningún ser humano, y eso lo incluía a él. Si alguna vez le preguntaba algo a alguien, era siempre formulándolo unas veces de manera cursi y otras de manera burlona, y solamente para hacer mofa de algo que había ocurrido delante de sus propias narices.

Se puede decir que era su estilo. Aunque de cuando en cuando me daba por pensar que quizá tenía un instinto exacerbado de autodefensa. Tal vez evitaba entablar relaciones profundas con los demás por culpa de un miedo interior del que ni él mismo era consciente. Lo único que quería era proteger un mundo hecho a la medida de sus deseos. Y cuando este empezaba a resquebrajarse, miraba hacia otro lado haciendo gracietas y fingía no ver nada.

Era un hombre atractivo, en efecto, pero puede que fuese ese infantilismo lo que lo hacía parecerlo. Ahora a veces pienso que esa es la explicación.

Sin embargo, gracias a una fascinante labor de dirección, ese instinto infantil de autodefensa se traducía rápidamente en actos y palabras como los que podría realizar y pronunciar el galán de cualquier película extranjera. Lo que a mí me encendía era ese espléndido trabajo de dirección. Gorō en ningún momento nos hizo preguntas a Momoko o a mí al respecto de Chinatsu, pero yo idealizaba cada vez más y más a aquel hombre que conocía un mundo adulto desconocido para mí, aunque, en realidad, quizá no fuese más que un chico medroso, inmaduro y con un sentido desmesurado del orgullo propio.

En cualquier caso, así fue como transcurrió aquel verano. No hubo ninguna incidencia digna de tal nombre, salvo las visitas sabatinas de Chinatsu. La vida cotidiana se reanudaba el sábado por la noche, cuando ella se marchaba a su casa en compañía de Gorō. Él seguía llegando tarde entre semana, pero nunca faltaba a mi clase semanal de dibujo.

Cuando Chinatsu no estaba, Gorō era el de siempre. Se detenía a apreciar con entusiasmo mis cuadros en el taller, me daba su opinión, me aconsejaba. Tampoco se olvidaba de encadenar sus habituales chistes y, después de la clase, siempre me contaba un par de anécdotas graciosas sobre amigos suyos mientras nos tomábamos un café.

Él jamás me habló de Chinatsu. Lo cual no significa que evitara hablar de ella, ya que si el curso de la conversación lo obligaba a aludir a su nombre, lo hacía con toda naturalidad, con esa forma tan sencilla y familiar que tenía de mencionarla.

De todos modos, esa aparente ausencia de cualquier cambio palpable en él no me tranquilizaba. Es más, me estaba volviendo el colmo de la desconfianza.

Era evidente que Chinatsu no era una mera amiga de Gorō. También sabía que no era un amor pasajero. Tenían treinta años. Estaban solteros. ¿Acaso no era evidente lo que iba a suceder?

«Gorō va a casarse con Chinatsu...» Empecé a tener el pálpito de que con cada día que pasaba esa probabilidad iba en aumento. En cierto sentido, se podía decir que la relación era seria. Solo llevaba a su novia a casa en presencia de su hija un día concreto de la semana: el sábado; el resto de los días parecía estar centrado en su rutina de siempre. Si bien es cierto que las muestras de cariño que le prodigaba delante de Momoko eran descaradas, probablemente se trataba de una manera de hacerle entender a su hija sus sentimientos por Chinatsu.

Por su parte, Chinatsu empezó a deshacerse en atenciones hacia Momoko, como cualquiera podría haber atestiguado. Los sábados siempre le llevaba algún dulce de regalo: pasteles de fresa y nata, unos confites preciosos, plátanos, chocolate. Otras veces era una muñeca cara de importación comprada en unos grandes almacenes o una pluma fina que a una niña en edad escolar no le hacía ninguna falta.

Momoko se alegraba por pura educación, pero nunca se ponía a comer delante de ella los dulces que recibía. Chinatsu la incitaba a probarlos. La niña sonreía vagamente y le contestaba que en ese momento no tenía hambre. Ella se olvidaba del dulce, satisfecha con la respuesta, y empezaba a hacerle todo tipo de preguntas: «¿Te gusta el colegio? ¿Cómo son tus compañeras de clase? ¿A qué jugáis cuando salís de la escuela? ¿Cómo es vuestro tutor? ¿Cuál es tu asignatura preferida? ¿Las matemáticas? ¿La lengua? ¿Qué deberes te han puesto?».

Momoko respondía con cuentagotas y, a continuación, Chinatsu la invitaba a salir al jardín: «Venga, Momoko, ¿a qué jugamos? ¿A la rayuela? ¿A saltar a la comba? ¿O prefieres que te compre una pelota y jugamos a pasárnosla?».

Normalmente, la niña rechazaba con diplomacia la oferta y llamaba a Lala: «Lala, Lala, ¿dónde estás? Ven aquí». Al llamarla, la gata aparecía como surgida de la nada y se frotaba contra las piernas delgadas de su dueña. Momoko la cogía en brazos y acariciaba su mejilla contra ella. Hasta en esos instantes tenía Chinatsu algún halago: «Qué gata tan bonita, ¿eh? Qué elegante, con esos ojos tan grandes».

La niña respondía con una sonrisa ambigua y le daba la espalda. Luego, agarrando a Lala con fuerza, le susurraba algo al oído y entraba con ella en casa. A pesar de ello, Chinatsu lanzaba un último comentario a la espalda de Momoko sin dejar de sonreír: «¡Qué bien os lleváis! Lala es tu mejor amiga, ¿verdad?».

Yo siempre presenciaba a hurtadillas esas escenas desde algún rincón de la casa. Me producía una dicha enorme saber que Momoko se empeñaba en no confraternizar con Chinatsu. Estaba segura de que esa mujer no iba a quitarme a Momoko. Quizá no habría estado tan convencida si le hubiesen gustado los gatos.

Chinatsu detestaba los mininos. No recuerdo habérselo oído decir de viva voz, pero se intuía por su actitud con Lala. Consideraba a la gata una bestiecilla latosa. Cuando Momoko no estaba presente y Lala entraba en la habitación, Chinatsu no solo no le hacía caso, sino que además procuraba alejarse de ella. Si veía pelos blancos pegados al sofá, fruncía el ceño y se apresuraba a recogerlos y tirarlos al jardín. Cuando, por equivocación, Lala estaba a punto de frotarse contra las piernas de Chinatsu, esta se echaba atrás ahogando un grito.

«¡Pero si ni siquiera es capaz de dormir en la misma cama que Lala! —pensaba yo—. ¡Si es incapaz de llamarla "mamá"!» Y si Momoko así lo deseara, tendría que meterse en la cama con Lala, hundir la cara en su vientre y comportarse como una gatita.

Momoko era una niña que solo sabía abrir su corazón a los demás por medio de Lala. Me resultaba patético ver cómo Chinatsu intentaba ganarse su simpatía colmándola de cumplidos, comprándole constantemente pasteles y muñecas de importación.

Era impensable que Gorō fuera a tomar la decisión de casarse con Chinatsu en tanto Momoko no se amistase con ella. Yo observaba con alivio cómo la actitud de la niña hacia Chinatsu no acusaba ningún cambio. Gorō adoraba a su hija. Y puede que acabara dejando a su novia en caso de que la niña no hiciese buenas migas con ella. O eso creía yo. Al menos, intentaba creerlo.

Una noche bochornosa, pasado mediados de agosto, se produjo un pequeño suceso. Era sábado y Chinatsu había ido a casa por la tarde. Después de preparar la cena, fui a la habitación de Momoko a cambiarle las sábanas.

Momoko estaba mirando por la ventana. Cuando entré, Lala, que se acicalaba el pelo tumbada debajo de la cama, soltó un maullido.

—Había luciérnagas hace un rato. Pensé que eran fuegos fatuos, pero no: eran luciérnagas. No me dieron miedo —dijo la niña con una sonrisa inocente en la cara.

—Muy bien. —Le devolví la sonrisa.

—Masayo —dijo ella—, ¿es verdad que a las luciérnagas les gusta el agua dulce?

—Pues no lo sé —dije tirando de sus sábanas hacia arriba—. ¿Qué te parece si la próxima vez les dejamos un líquido dulce y otro amargo, a ver cuál prefieren?

Momoko se rio.

—¿Como líquido dulce les ponemos zumo y como amargo, cerveza?

—Buena idea. —Me reí.

Era un día muy caluroso. Aun de noche, las temperaturas no bajaron ni un ápice; no entraba la menor brisa por la ventana abierta de par en par. Gorō estaba en el salón escuchando dixieland con Chinatsu, y aquella música sofocante parecía arrastrarse por el suelo húmedo y pegajoso.

Justo cuando había terminado de extender las sábanas limpias sobre la cama de Momoko, oí que llamaban a la puerta de la habitación. Pensando que sería Gorō, levanté la cara y le dije a la niña:

—Es tu padre.

Momoko asintió y exclamó en voz alta:

—¡Pasa, papá!

La puerta se abrió despacio. La cara que se asomó no fue la de Gorō, sino la de Chinatsu.

—Tu papá está colocando los discos —dijo mientras se abanicaba el rostro con un paipay. Los mechones de pelo debajo de la cinta estampada que llevaba en el cabello se agitaron suavemente—. He venido a ver qué haces, Momoko. ¿Puedo entrar?

—Claro —asintió Momoko.

Chinatsu entró en la habitación ataviada con un vestido veraniego del mismo estampado que la cinta del pelo.

—¡Ah, qué calor! —dijo sentándose en una silla al lado de la ventana, junto a Momoko.

Yo seguí haciendo la cama en silencio.

—Qué habitación tan mona, ¿eh? —dijo Chinatsu mirando a su alrededor—. Yo, cuando era pequeña, soñaba con vivir en una habitación como esta. Pero antes los niños no tenían habitaciones tan bonitas. Tienes mucha suerte de haber nacido en esta época, Momoko.

La niña se rio sin abrir la boca. Los grillos empezaron a cantar por la ventana abierta. Hubo un silencio. Solo se oía el sonido del abanico de Chinatsu.

—Oye, Momoko —dijo ella con un tono un tanto desesperado, como si le costase hablar—, me gustaría preguntarte una cosa.

—¿Qué?

—¿A ti no te gustaría tener una mamá?

Mis manos se detuvieron mientras cambiaba la funda de la almohada. Por un instante, sentí que todo mi cuerpo había dejado de sudar, como si los poros se me hubiesen congelado. Momoko volvió a reírse.

—No, no me gustaría.

Inconscientemente, me di la vuelta. Momoko no me miró, pero por un segundo los ojos amenazantes de Chinatsu se fijaron en mí. Sin duda, quería decirme que me retirase. Que le hiciera el favor de dejarlas a solas porque estaban hablando de un asunto personal. Fingí que no me había dado cuenta y seguí con mi labor. Una vez lanzada una pregunta tan seria, a Chinatsu no le quedaba más remedio que seguir adelante, estuviese o no yo allí.

—¿Por qué? —preguntó con un tono dulce que revelaba una ligera perplejidad—. ¿Por qué no te gustaría tener una mamá?

—Porque ya tengo una.

Le puse la funda de ositos a la almohada y até con cuidado el lazo trasero. Me sentía tranquila, sosegada. Sabía lo que diría Momoko.

—Mi mamá es Lala.

Chinatsu estalló de risa. Eran carcajadas como de burla, de ternura y al mismo tiempo de querer afirmar que no se lo creía.

—Qué graciosa eres, Momoko —dijo con cordialidad y la voz ahogada por la risa—. Así que tu madre es esa gata, ¿eh?

—Sí —le aseguró Momoko—. ¿Te parece raro?

Chinatsu, a punto de atragantarse, por fin logró dejar de reírse.

—No, no me lo parece. Perdona que me haya reído. Claro. Lala es tu mamá.

—Lala es una mamá muy buena. Siempre se porta bien conmigo. Nunca se enfada.

—Te entiendo. Sí que parece buena, sí. Y suave. Y calentita. —Dicho eso, Chinatsu carraspeó como buscando qué añadir—. Puede que sea una mamá buena, pero, a ver... Date cuenta... Lala es una gata, Momoko.

—Ya lo sé.

—No puede hablar, ni cuidar de ti, ¿no te parece?

Momoko se enfadó un poco.

—Eso no es cierto. Lala sí que habla conmigo. Y me cuida.

—Ah, ¿sí?

—Sí.

—Vale, pero... la palabra «madre» se usa normalmente referida a personas.

Momoko se quedó callada. Yo dejé sobre la cama la almohada con la funda ya puesta y empecé a doblar la colcha de verano.

—Momoko —dijo Chinatsu titubeante—, ¿nunca has querido tener una madre humana de verdad?

—Es que mi mamá es Lala. ¿Te refieres a que otra sea mi mamá?

La inmediatez con la que respondía era un tanto hiriente. Yo la aplaudí para mis adentros. «Eso es. Su mamá es Lala. Tú nunca podrás ejercer de mamá de Momoko.»

Chinatsu miró la oscuridad por la ventana y se levantó despacio, con una sutil sonrisa en la boca.

—De acuerdo, Momoko —dijo tocándole el brazo—. Lala es tu mamá. Perdona que te haya hecho una pregunta tan rara. No te enfades.

—No estoy enfadada —dijo Momoko con voz compungida—. No estoy para nada enfadada.

Lala, que hasta entonces había estado a mis pies, tumbada y con las patas estiradas, se incorporó y empezó a olfatear una hormiga negra que se había colado en la habitación. Yo la aplasté con la zapatilla.

—Venga, Momoko —le dije—. La cama está lista. ¿Te bañas?

—Sí —contestó ella y, lanzándole a Chinatsu una mirada fría cargada de intención, añadió, alegre—: En cuanto se vaya la invitada.

Mentiría si dijese que no sentí pena por Chinatsu en ese momento. Mientras su hermoso rostro adoptaba una mezcla de confusión, desaliento, vergüenza y odio a sí misma, sus labios empezaron a temblar en un intento desesperado por sonreír. La hija del hombre al que amaba y con quien quería casarse, aquella niña de tercero de primaria de la que deseaba ser madre, acababa de llamarla «invitada». Además, había afirmado que su madre era una gata. Que no necesitaba más madre que aquel animal.

Por otra parte, también tuve unas ganas perversas de observar cómo Chinatsu intentaba disimular sus sentimientos, pero pensé que si hubiera estado en su posición, me habría echado a llorar en el acto.

Sin embargo, Chinatsu no lloró ni hizo ademán de ir a echarse a llorar. Recuperó de inmediato la compostura.

—Perdona que me haya quedado hasta tan tarde. Debería marcharme. Nos vemos la semana que viene.

Tras enderezarse, salió de la habitación con paso lento. Yo me quedé un rato hablando de cosas sin importancia con Momoko. No tocamos la conversación que acababa de mantener con Chinatsu. Después de ese rato de charla, acaricié la cabeza a Lala y salí del cuarto.

La luz del pasillo estaba apagada, y oí un sollozo al otro extremo de la penumbra. Me detuve y agucé el oído.

El sollozo se mezcló con la voz grave de Gorō.

—Va a llevar su tiempo —dijo—. Hay que tener paciencia, ¿de acuerdo?

Me quedé un buen rato parada en el pasillo, sin moverme lo más mínimo, luchando contra el torbellino de sentimientos que había surgido en mi interior.

6

Cuando una persona no soporta un animal en particular, sea un gato o sea otro, convivir con él tiene que ser un martirio inimaginable. La criatura que más odias en el mundo está delante de ti al levantarte por la mañana. Como no entiendes su lenguaje, temes su mirada, su porte, lo temes todo de él. Por mucho que huyas, siempre estará en un rincón de la casa. Notarás su presencia aunque te encierres con llave en la habitación. Oirás su voz. A veces estará tumbado a la puerta de tu habitación. Vivir así debe de ser una tortura. Puede que para resistirlo haya que resignarse a la idea de acabar loca.

No creo que Chinatsu detestase los gatos hasta tal punto, pero estoy segura de que, si había un animal con el que no quería compartir techo, ese era el gato. Y sin embargo, la única hija del hombre que amaba, esa niña de la que algún día querría ser madre, tenía que tener precisamente un apego tan fuerte por la gata que hasta la consideraba su madre. A veces me parecía entender su dolor.

Después de aquel pequeño episodio de agosto, Chinatsu estuvo muy cariñosa con Lala durante una temporada. A veces la miraba con ternura o le acariciaba la cabeza por iniciativa propia. Aunque lo hacía con repulsión, recuerdo muy bien cómo Chinatsu se esforzaba por aceptar a Lala y no quedar mal con Momoko.

Aun así, por más que Chinatsu tratase a Lala con cariño, la niña nunca se mostraba contenta. Además, y esto resulta particularmente extraño, cuando Chinatsu llamaba a la gata con voz melosa, el animal daba un resoplido, como si le amargase responder, y miraba a otro lado. En ocasiones, si la acariciaba, soltaba un gruñido casi imperceptible y adoptaba una actitud como si fuera a enseñarle los colmillos en cualquier momento.

Una vez, Chinatsu tuvo la desafortunada idea de jugarse la vida para cogerla en brazos, y ahí la tragedia fue total. Lala se puso tiesa como el hierro sobre el generoso pecho de Chinatsu, agachó las orejas y bufó con mirada torva. Con todo, la mujer no cedió en su empeño y se rio.

—Venga, vamos, Lala, no te enfades así.

La gata sacudió su larga cola. Gorō la reprendió con una sonrisa agria.

—¡Lala! Está mal gruñir así a la gente.

Todavía no había terminado la frase cuando la gata lanzó un ruido amenazante y, con las garras afiladas, lanzó un zarpazo a la cara de Chinatsu. Ocurrió en un abrir y cerrar de ojos. La mujer echó la cabeza hacia atrás y soltó la gata con un grito. Esta escapó a todo correr.

Aunque, por suerte, evitó que le arañase los ojos, enseguida le brotó en la sien un rasguño alargado que empezó a rezumar sangre. La mujer frunció el ceño un instante y se limpió con la yema de los dedos.

Gorō se apresuró a abrazarla, pero Chinatsu no dejó de sonreír.

—No te preocupes —dijo estoicamente—. No ha sido nada.

A menudo se dice que los gatos tienen unos gustos más marcados que los perros, pero esa fue la primera vez que vi a Lala adoptar una actitud tan agresiva hacia una persona. Lala era una gata que, por lo general, no olvidaba cómo comportarse delante de la gente. Ni siquiera con quienes acababa de conocer. Siempre respondía de buen humor, incluso cuando en las fiestas se ponían a jugar con ella invitados a los que les apestaba el aliento a alcohol porque se habían hinchado a cerveza. Si se cansaba, huía, pero cuando alguien la llamaba por su nombre nunca olvidaba sonreír y dirigir una mirada amistosa, aunque fuera de lejos.

No entiendo cómo, con lo apacible y amistosa que era, seguía manteniendo esa actitud solo hacia Chinatsu. ¿Sería porque a aquella mujer no le gustaban los gatos? Pero entre las amistades de Gorō había más gente a la que no le gustaban. Y ella nunca había atacado a nadie, aunque pudieran abominarla por el mero hecho de ser una gata.

Después de ese episodio no se produjo ningún cambio en la relación entre Gorō y Chinatsu. Ella seguía visitando la casa todos los sábados, cenaba y se marchaba. Muy de vez en cuando, la pareja se llevaba a Momoko a algún restaurante en el centro de Tokio o iban juntos al zoológico o al parque de atracciones para complacerla, pero Momoko siempre acababa encontrándose mal del vientre o mareándose en algún momento.

No es que la niña fuera de constitución débil, sino que tendía a somatizar el estrés psicológico, y cuando la obligaban a hacer algo que no le gustaba o incomodaba, siempre acababa con dolores de barriga y vómitos. Cada vez que veía a Momoko regresar pálida, yo lo sentía como una victoria. Momoko estaba expresando mediante su cuerpo la aversión por aquellas escapadas con Chinatsu.

En esas ocasiones, la novia del padre se preocupaba por cómo estaba Momoko y, una vez en casa, no se separaba de su cama. Lala hacía lo mismo: cuando Momoko se acostaba de día, aparecía de la nada y saltaba encima de la cama. Entonces arañaba la colcha con las patas delanteras instando a la niña a que la metiese dentro. Por muy mal que se encontrase, Momoko siempre la metía en la cama. A la gata la abrazaba y la olisqueaba mientras que a Chinatsu le decía, tratándola con distancia:

—Ya me encuentro bien, Chinatsu. No hace falta que te quedes.

No tengo ni idea de cómo se sentía Chinatsu cuando veía así a Momoko y a Lala. Ahora, en cualquier caso, no me queda más remedio que imaginármelo, figurarme qué sentía, en qué pensaba hasta antes de que ocurriera la desgracia. En su momento me limitaba a observar desde la sombra con una sonrisa sarcástica los lastimeros y desesperados esfuerzos de Chinatsu por forjar una amistad con Momoko. Y procuraba buscar en el rostro de Gorō indicios de duda con respecto a la idea de casarse con ella. Jamás pensé en cómo se sentía Chinatsu por dentro.

Sucedió ese diciembre. Los años con un verano más caluroso que de costumbre suelen preceder a inviernos fríos. Tan cálido y hermoso fue aquel verano como frío y lóbrego, con pocos días de sol, el invierno.

Era sábado y, como de costumbre, Chinatsu había ido a casa por la tarde. Ese día había hecho un frío de perros desde la mañana. El cielo estaba encapotado, como si fuese a nevar, pero ella apareció con un jovial abrigo de color naranja, como si quisiera espantar ese tiempo lóbrego, y estuvo de buen humor desde que pisó la casa.

—Hoy preparo yo la cena —dijo—. Ya he decidido el menú: como hace frío, he pensado en cocinar un *pot-au-feu* o algo caliente.

—Buena idea —dijo Gorō.

Sonreí callada, ignorando en qué consistía eso que había llamado *pot-au-feu*. De un modo u otro, si Chinatsu se metía en la cocina, yo tendría que ayudarla. Preparara lo que preparase, iba a tener que esforzarme, así que la maldije para mis adentros: por mí podía hacer lo que le diese la gana.

—Oye, Masayo, ¿te importaría enseñarme qué hay en la nevera? —dijo Chinatsu.

No había ningún motivo para negarme. La conduje hasta la cocina y abrí la puerta de aquel gran frigorífico del que Gorō estaba tan orgulloso.

En aquella época, las neveras aún no se habían generalizado en los hogares. Cuando las había, eran arcones primitivos en los que simplemente se metían bloques de hielo, pero creo que apenas había casas que tuviesen neveras de verdad, de las grandes de fabricación estadounidense, como la de los Kawakubo.

—Hay patatas y cebollas. Solo falta la carne —dijo Chinatsu sin dirigirse a nadie en particular mientras echaba un vistazo al frigorífico—. La verdad es que esta nevera es toda una caja mágica. Siempre está llena de bebida y comida. Se parece a las de las casas americanas.

—Si necesita carne, puedo ir a comprarla —le dije. Pero, acto seguido, Chinatsu sacudió la cabeza: no hacía falta.

—Pediré a Gorō que vaya a comprarla en coche. Será más rápido.

Él, que se hallaba fumando en la sala de estar, asumió alegremente el recado. Chinatsu le entregó una notita con el resto de los ingredientes que quería que comprase de paso y se lo agradeció de antemano.

—Allá voy —dijo Gorō al tiempo que se ponía en pie.

Creo que en ese momento Chinatsu aún no había pensado en ejecutar el plan. Es más, puede que el plan ni siquiera se hubiera gestado, porque ni yo me habría imaginado que Gorō iba a llevarse a Momoko consigo a la compra.

Si aquella mujer se decidió a llevar a cabo algo tan abomina-
ble fue por la mera casualidad. De eso no cabe duda. Y es que le
habría sido imposible hacerlo si Momoko hubiese estado en casa.

La niña jugaba con Lala frente a la chimenea. Las llamas amarillas que se alzaban de la leña recién echada hacían que le brillaran
los mofletes encarnados.

—Momoko —la llamó Gorō—, ¿quieres venir con papá?

De haber tenido que ir con Chinatsu, seguro que no habría
movido la cabeza en señal afirmativa, pero ella se quedaba en casa,
así que, apenas supo que iría sola con su padre en coche, asintió.

—¿Puedo comprar chicle en la tienda de golosinas?

—¿Esa porquería que te deja la lengua roja cuando la masticas?

Momoko se rio y me miró de refilón. Yo le guiñé el ojo. Ambas compartíamos la emoción de un secreto, y es que en verano
nos habíamos atiborrado de aquellos polos que pintaban la lengua de naranja.

—Si andas mascando esa cosa, acabarás con los dientes rojos
—añadió Gorō con una sonrisa incómoda antes de indicarle que
fuese a por el abrigo.

Momoko cogió en su habitación el abrigo azul marino que usaba para ir al colegio, se agachó y acercó la nariz al hocico de Lala.

—Enseguida vuelvo, Lala.

Era su forma de despedirse siempre que salía. Lala le lamió la
nariz, también como de costumbre.

Gorō sacó el coche del garaje y, al oír el motor, Lala saltó afuera por la puerta abierta de la entrada y empezó a dar vueltas alrededor del vehículo.

—Cuidado, Lala —la advirtió Gorō asomando la cara por la
ventanilla—. Te voy a atropellar como no salgas de ahí.

Chinatsu se calzó deprisa las sandalias que Gorō había dejado en la entrada y salió a despedirlos. Yo observé la escena desde la

terraza que daba al jardín. Chinatsu llevaba una rebeca blanca y una falda ceñida de color marrón oscuro. Frotándose las manos por el frío con aquellas sandalias de hombre, parecía la típica ama de casa.

—Adiós, Lala —dijo Momoko asomándose por la ventanilla—. Adiós...

Todavía me acuerdo de cómo se despidió Momoko de su gata ese día. El «adiós» que pronunció bajo aquel cielo entoldado y gris no iba dirigido a Chinatsu, sino a Lala. Su manita blanca se sacudía en dirección a la gata. Lala miraba hacia arriba, sentada debajo de la ventanilla.

—Hasta luego, Momoko —dijo Chinatsu.

Pero Momoko ni siquiera la miró.

Gorō dio un pequeño pitido. Al siguiente instante, el coche se alejaba con el estruendo del motor. Lala soltó un pequeño estornudo al oler los gases del tubo de escape. La llamé, dejando entreabierta la ventana que daba a la terraza para que entrase. Lala me miró de refilón, pero de nuevo se puso a mirar en la dirección por la que se había ido el coche. Tal como estaba, allí quieta de espaldas, parecía que alguien se hubiese dejado olvidado un gato de porcelana blanca sobre el césped marchito.

A veces, cuando Momoko iba a la escuela, Lala se quedaba sentada de la misma manera, pero solo un rato; al final acababa desistiendo y volviendo a casa. Yo me fui a la cocina sin prestarle mayor atención. Todavía no había terminado de recoger la mesa del almuerzo.

Recuerdo que Chinatsu aún estaba fuera, pero no sé si miraba o no a Lala. Tampoco sé en qué pensaba.

En el tocadiscos de la sala de estar seguían sonando las animadas canciones de pop americano que Gorō había dejado puestas. Yo me coloqué frente al grifo y empecé a fregar la vajilla.

¿Cuánto rato pasó? El disco terminó y comenzó a oírse el ruido seco de la aguja. Si Chinatsu hubiese estado en casa, habría levantado el brazo del aparato y habría parado el plato. Me sequé las manos en el mandil y fui a la sala de estar.

Chinatsu no estaba allí. Levanté el brazo del tocadiscos y paré el disco que giraba en vano. Se hizo un silencio repentino. En el fondo yo ya debía de estar preocupada por Lala, porque, si no, no me habría dado cuenta de que la ventana que daba a la terraza estaba cerrada.

—¿Lala? —la llamé en voz baja—. ¿Dónde estás?

La única explicación de que la ventana que había dejado entreabierta para la gata estuviese cerrada era que Lala hubiese vuelto a casa y Chinatsu la hubiese cerrado. La busqué detrás del sofá, en la habitación de Momoko al fondo del pasillo, en el baño y en todos los rincones en los que solía estar cuando hacía frío. Pero ni ella ni Chinatsu aparecían por ninguna parte.

Volví a la sala de estar y eché un vistazo afuera por la ventana de la terraza. Al principio no vi a nadie en el jardín. Las hojas caían revoloteando sobre el césped en medio de un ambiente gris, gélido y silencioso. Vi la valla blanca al otro lado de los árboles secos y, en una de las estacas, una gran hoja oscura y marchita pegada como una mariposa muerta. Un silencio profundo reinaba en la zona. No se oía ni pizca de viento.

De pronto empecé a preocuparme más por Lala que por el paradero de Chinatsu. Tal vez fuera una especie de premonición.

Entreabrí la ventana y asomé la cabeza. Quise llamarla.

En ese instante, no sé explicar por qué, me vino el estanque a la cabeza. ¿Será que la combinación aciaga de esos tres elementos, Chinatsu, el estanque y Lala, había dado la señal de alarma en mi subconsciente?

El estanque se hallaba en una pequeña hondonada situada en un extremo del jardín de los Kawakubo, justo en la esquina derecha, vista desde la terraza. No había ni un solo pez, ya que, supuestamente, Lala se los comía. En su lugar, Yuriko había plantado nenúfares en su día, pero nadie debía de haberse encargado de cuidarlos tras su fallecimiento, porque jamás los había visto en flor. Aunque el agua no estaba sucia, las hojas de la planta habían crecido a su antojo y se extendían en todas las direcciones.

Ese día hacía más frío de lo normal y el tanque estaba cubierto de una fina película de hielo. Lo recuerdo con claridad porque por la mañana, después de mandar a Momoko al colegio, había pensado que con aquel frío seguramente se había congelado y había ido hasta allí a propósito para comprobarlo.

Quise llamar a Lala, pero por algún motivo no me salió la voz. Mi mirada se dirigió al estanque rodeado de árboles en aquel rincón del jardín.

Capté, más allá de los árboles desnudos, la rebeca blanca de Chinatsu, que estaba de espaldas a mí, agachada en una postura extraña. Su silueta, inmóvil y vuelta de espaldas, parecía la de alguien que de repente se encuentra mal y se pone a vomitar.

De no ser porque en ese momento me fijé en que una de las sandalias que calzaba estaba tirada en el césped, habría pensado que solo estaba echando un vistazo al estanque, que había encontrado un bicho raro o algo y estaba comprobando medrosamente qué era aquello. Aunque, dada la postura, era improbable que tan solo estuviera observando el estanque helado. Tenía la cabeza gacha y el cuerpo en tensión, como si dentro encerrase una energía antinatural.

La sandalia que había perdido yacía sobre el césped a unos dos metros del estanque. Estaba volteada. Como si hubiera caminado a toda prisa y se le hubiera soltado sin que ella lo advirtiera.

¿Por qué me dio reparo hablarle? Podría haber abierto la ventana a propósito para que se oyera, plantarme en la terraza y preguntarle qué pasaba. Pero no dije nada. Tenía la mente en blanco. En cuanto vi la sandalia tirada, entendí qué acababa de ocurrir en el estanque. Y enseguida me di cuenta de que era algo irreversible.

Unos segundos después, Chinatsu se levantó. Al hacerlo, pude ver claramente la superficie. Una especie de tabla marrón tapaba el estanque.

Esa especie de tabla era la puerta corrediza del viejo cobertizo de la parte trasera de la casa, que unos trabajadores habían ido a reemplazar unos diez días atrás... Tan pronto como supe que era el tablero con el que se había pensado hacer leña para la chimenea, pero que al final había quedado tirado en el jardín, me tapé inconscientemente la boca. En mi estómago se arremolinó el presagio repugnante de una arcada.

Chinatsu agarró la tabla podrida con ambas manos y miró al interior del estanque. Desde mi posición no pude ver qué había dentro. Me agarré a la cortina retorciéndola y me derrumbé. Vi que Chinatsu iba deprisa a devolver la tabla a la parte de atrás. Yo, desesperada, respiré hondo varias veces.

No supe qué hacer. ¿Debía chillar y desmayarme? ¿O llamar a Chinatsu e interrogarla? Al final, no me decidí por ninguna de ellas. Cuando me di cuenta, había saltado descalza de la terraza al jardín. Chinatsu había ido a devolver la tabla y no volvió a aparecer por el jardín. Seguramente notó mi presencia y, con el miedo, no se atrevió a salir.

Corrí a toda velocidad hasta el estanque y miré al interior apoyándome en el borde. Quise que aquello fuera un malentendido. Pensé en cuánto me alegraría encontrarme una serpiente muerta. Pero lo que vi fue el cuerpo blanco de Lala flotando entre fragmentos de hielo, con gesto de sufrimiento y los ojos abiertos de par en par.

No recuerdo exactamente qué hice luego. La saqué del agua, la abracé y di vueltas por el jardín sin saber qué hacer. Ni siquiera me atreví a comprobar si estaba muerta o si respiraba aún. Me eché a llorar, grité palabras incomprensibles, apreté mi cara contra aquel cuerpo semejante a una escobilla empapada, traté de darle oxígeno a aquella boquita.

Aun así, Lala jamás volvió a soltar uno de sus tiernos maullidos. Sus ojos, abiertos de par en par, estaban huecos como los de un pez muerto. Su cuerpecito no temblaba lo más mínimo, pese a haber estado flotando en un estanque helado.

¿En qué momento entró Chinatsu en casa? ¿Aprovechó para colarse por la puerta trasera mientras yo estaba en el jardín destrozada por lo de Lala? Solo sé que, cuando me di cuenta, había salido descalza por la entrada y venía corriendo por el jardín.

Su actuación fue tan extraordinaria que aún hoy me dan ganas de dedicarle un aplauso lleno de inquina. Empezó a soltar gritos entrecortados, de pronto se plantó y se llevó las manos a la boca.

—Masayo... —dijo con voz trémula—. No, no puede ser... Lala está...

Yo la miré con odio. «Tú has matado a Lala. Has sido tú. Tú la tiraste al estanque y la tapaste con la tabla para que no saliera.» Quise decírselo, pero no fui capaz. Le di la espalda y salí corriendo a la calle por la puerta principal con Lala en brazos.

En medio de mi confusión, solo pensaba en una cosa: Momoko. No podía imaginarme cómo reaccionaría a la muerte de Lala. Ella y Gorō estaban a punto de regresar. Quisiera o no, tendría que decirle que Lala se había muerto.

Daba igual quién lo hubiera hecho. Entre gritos y llantos, bajé corriendo la suave pendiente que pasaba al lado de la casa de los Kawakubo hasta llegar a la carretera que cruzaba los trigales. A fuerza de repetir entre sollozos: «Lala... Lala...», su nombre se transformó en la palabra «mamá». De pronto, me vi corriendo como una loca por el medio de la carretera gritando: «¡Mamá!».

No sentí dolor ni frío en los pies, pese a ir descalza. Corrí tanto que creí que se me iba a parar el corazón.

Sentí que un coche se acercaba a lo lejos. Tan pronto como reconocí el Renault marrón en el que iban Gorō y Momoko, comencé a marearme de golpe. Me senté en el arcén.

Mientras se me nublaba la vista, intenté convencerme a mí misma: «Lala no está muerta. Lala está viva. Ha sido un error pensar que está muerta; en breve cobrará vida entre mis brazos y soltará uno de sus tiernos maullidos».

El coche frenó en seco al llegar a mi altura, haciendo chirriar los neumáticos. Se oyó como se abrían las puertas. Oí la voz de Momoko, y la de Gorō. Noté que alguien agarraba y me quitaba de los brazos el cuerpo frío y laxo de Lala. Oí el grito de Momoko. Un grito tan bronco, débil y desconsolado que no parecía el de una niña de nueve años.

Noté la voz grave de Gorō hablándome al oído. Me aferré a él y dejé que me metiera en el coche en brazos.

¿Qué cara puso Chinatsu al ver a la niña? ¿Qué conversación tuvieron Momoko y Gorō con ella al regresar a casa? Al final, nunca pude saberlo. Me había dado una lipotimia. Cuando el coche frenó de golpe enfrente de la casa, fui incapaz de incorporarme y tuve que estar un rato tumbada dentro del vehículo.

—Lo siento, Masayo —me dijo Gorō mientras se bajaba a toda prisa del coche—. Volveré enseguida.

Momoko echó a correr hacia la entrada con Lala en brazos. Por el camino tropezó y se cayó al suelo. Gorō se acercó a ella corriendo y volvió a dirigirse a mí, que estaba tumbada en los asientos traseros del coche:

—Enseguida vuelvo.

Intenté incorporarme, pero me entraron unas náuseas terribles solo con levantar el tronco. Llorando temblorosa, cerré los ojos y volví a tumbarme sobre los asientos.

Es fácil imaginarse la escena que se montó en casa: Momoko lloraría desconsolada abrazada a Lala, y Chinatsu probablemente se juntaría con ella haciéndose la consternada y echándose a llorar. Gorō envolvería con una manta a la gata ya fría para darle calor, intentaría darle leche de beber y trataría de salvar por todos los medios a la amiga de su querida hija, aun a sabiendas de que era en vano.

Pero Lala no volvió a la vida. Era imposible que sucediese. A Lala la habían tirado a un estanque helado y la habían cubierto con un tablón; su breve vida se había terminado entre innumerables tragos de agua fría. Ya estaba muerta cuando la saqué del agua.

¿Cuánto tiempo pasó? Gorō volvió y abrió la puerta de los asientos traseros. Yo estaba pálida y tenía los labios resecos.

—No ha podido ser —susurró tan pronto me vio—. Creo que ya estaba muerta.

Yo me incorporé. Todavía sentía una ligera náusea, pero no importaba.

—¿Estás bien, Masayo? Para ti también debe de haber sido espantoso. Pobre.

—¿Cómo está Momoko? —pregunté con la voz tomada.

Gorō inclinó tristemente la cabeza hacia delante con la mano apoyada en la puerta.

—Está llorando en la cama. Es una pena, pero no hemos podido hacer nada. Lala ha muerto. No queda más remedio que esperar a que Momoko lo asuma.

—Maestro... —Entre sollozos, estiré la mano y lo agarré del brazo. Llevaba puesto un jersey negro, y el calor de su brazo se extendió tenuemente por la palma de mi mano.

—No pasa nada. —Gorō me dio unos golpecitos en la mano para consolarme, interpretando que aquel gesto mío era fruto de la angustia y la conmoción—. En algún momento tendrá que aceptarlo. Queramos o no, Lala estaba destinada a morir antes que Momoko. De todos modos —dijo envolviendo suavemente mi mano con la suya—, ¿cómo ha podido caerse en el estanque? Hasta ahora nunca se había caído. Y aunque le hubiera pasado por despiste, es una gata. Debería haber podido salir enseguida.

—¿Quién le ha dicho eso? —pregunté con la voz un poco temblorosa.

Gorō me miró extrañado.

—¿Quién? ¿Qué quieres decir?

—Pues que... —Tragué saliva—. ¿Quién le ha dicho que Lala se cayó al estanque?

—¿No ha sido eso lo que ha ocurrido? —Gorō alzó la voz—. ¿No se cayó al estanque y se ahogó? Me lo ha dicho Chinatsu.

—Es mentira. —Yo me mordí el labio y lo miré de frente. Por encima de su hombro se veía la valla de la casa y, más allá, el jardín mustio, la terraza y la ventana ligeramente iluminada de la sala de estar. No había ni el menor rastro de vida humana—. A Lala la han matado —dije despacio, como digiriendo cada palabra—. Lo vi con mis propios ojos. Estaba agachada al borde del estanque. Chinatsu... tapó el estanque con la tabla que estaba en la parte de atrás del jardín... y se quedó quieta.

Gorō no se inmutó. Su rostro parecía hecho del mismo gas grisáceo y transparente que constituía el aire que nos rodeaba. Yo seguí hablando, sin darle importancia:

—Después de despedirlos a usted y a Momoko, Chinatsu tardó un buen rato en volver a casa. Cuando se acabó el disco, seguía sin regresar. Tuve un mal presentimiento... y salí por la terraza de la sala de estar para echar un vistazo. Entonces la vi junto al estanque...

Gorō se movió muy despacio y me soltó la mano que había sostenido hasta entonces. Aquel gesto me resulto frío y distante. En cuanto apartó su mano de la mía, el calor desapareció y un aire frío me caló el cuerpo a través de los poros.

Él desvío apenas la mirada. Yo me esperaba un suspiro complejo, preñado de duda, rabia, odio y misterio, ese tipo de cosas, pero ni suspiró ni me acribilló a preguntas.

De pronto sentí miedo. Pensé que a lo mejor él creía que lo que le había contado era mentira. Quizá me diría que Chinatsu jamás haría algo semejante, me preguntaría si estaba loca, si no estaría celosa de ella... El pánico hizo que no supiera cómo reaccionar, y me quedé mirándolo implorante.

Aquel momento se me hizo eterno. Al rato, bajé la mirada y dije:

—Lo siento. Sé que no le agrada oírlo, pero es la verdad. A Lala la mató Chinatsu.

—Vale —dijo, sucinto pero firme. Y tras darse la vuelta para comprobar que ni Chinatsu ni Momoko estaban cerca, añadió algo en voz baja—: No le cuentes a nadie lo que acabas de decirme. Ni se te ocurra mencionarlo delante de Momoko o de la propia Chinatsu, ¿de acuerdo?

Yo volví a mirarlo, totalmente inmóvil.

—¿Por qué? —pregunté con voz crispada—. ¿Por qué no? ¿Por qué tengo que estar callada con... con lo que ha hecho? Chinatsu tenía celos porque sabía que Momoko considera a Lala una madre. Quería deshacerse de ella. ¿Por qué no le puedo contar a Momoko la barbaridad que ha hecho?

Me eché a llorar. Ni yo sabía por qué lo hacía. Las lágrimas me resbalaban por las mejillas, sollocé, me las enjugué con la mano sin mayores miramientos y volví a sollozar.

—Ahora ya puedo contártelo —dijo Gorō con tono grave, sin darle importancia a mi llanto—: Chinatsu y yo hemos decidido casarnos.

Sollocé una última vez y paré de llorar. No me creí lo que me estaba diciendo, pese a que lo había previsto y sabía que ocurriría.

Gorō me miraba con lástima mientras hablaba masticando cada palabra:

—Chinatsu va a ser la madre de Momoko. Y la quiere con locura. Probablemente más que a mí.

Como yo guardaba silencio, parpadeó despacio y me tocó suavemente el brazo.

—Comprendes de qué te estoy hablando, ¿verdad? No pretendo regañarte. Seguramente haya sido una confusión. Esas cosas pasan. Chinatsu jamás mataría con sus manos a una criatura tan pequeña. Sé que a veces es una persona complicada por distintas razones, pero nunca sería capaz de algo así. ¿Cómo iba a matar a la mascota de su adorada Momoko?

No protesté ni sacudí la cabeza hacia los lados. No tenía ni idea de cómo explicárselo.

—No te preocupes —me dijo él con tono amable—. Creo que hasta ahora nos hemos entendido bien y siempre estaré de tu lado, por muy descabellado que sea lo que hayas dicho. Ni te he malinterpretado ni he perdido la confianza en ti. Así que no hay nada de que preocuparse.

Gorō se quedó mirándome fijamente un rato, pero poco después apartó de golpe la mirada y se dirigió a la entrada a paso rápido.

El padre eligió por su hija el rincón más tranquilo y luminoso del jardín, al pie de un árbol, para cavar la tumba de Lala. El ataúd era una caja de cartón forrada de papel de colorines que Momoko había hecho durante las vacaciones de verano. Al día siguiente de la muerte de la gata, Momoko la devolvió a la tierra.

La niña no hacía más que llorar. El lunes siguiente era la fiesta de fin de segundo trimestre, pero no asistió. Como en la universidad estaban en vacaciones, Gorō pasó todo el día en casa con Momoko.

El martes era Navidad. En la zona residencial de los norteamericanos empezaron a lanzar fuegos artificiales ya de mañana, el tráfico aumentó, y el ruido de los petardos y del vocerío de los niños también resonaba en el jardín de los Kawakubo.

Chinatsu apareció por la tarde con un pollo asado de lujo y un pastel de Navidad para Momoko. Gorō no vaciló en cortar un abeto del jardín que metió en la sala de estar y decoró con esmero. Al llegar la noche, un par de buenos amigos de Gorō, asiduos a sus fiestas, llegaron acompañados de sus esposas. Obsequiaron a Momoko con libros ilustrados, material escolar y muchos otros regalos, encendieron velas en la mesa del comedor, pusieron el disco *White Christmas* y no pararon de gastarle bromas benévolas a la niña.

Todo el mundo se esforzaba por levantarle el ánimo. Todos lamentaban la muerte de Lala. Hasta Chinatsu parecía sentirlo.

Sin embargo, Momoko apenas tocó la cena navideña y se retiró a su habitación después de tomar solo una pequeña cucharada del helado que le había comprado su padre.

—No pasa nada —tranquilizó Gorō a los invitados con su voz grave—. Lo mejor ahora es dejarla en paz.

Los adultos presentes asintieron mirándose los unos a los otros con gesto de estar haciendo lo correcto, y al cabo de un rato se olvidaron de Momoko y de Lala y empezaron a disfrutar de la noche de Navidad.

Yo fingí que me iba a limpiar a la cocina y entré en la habitación de Momoko sin que Gorō se enterase. La niña se había acostado vestida y estaba hecha un ovillo.

Al sentarme a su lado y acariciarla por encima de la colcha, ella se incorporó. No lloraba, aunque tenía restos de lágrimas en el rabillo de los ojos.

Chinatsu se estaba riendo en la sala de estar. Agarré la mano a Momoko y se la envolví con las mías. Yo misma sabía que acabaría haciéndolo. Podía convertirme en un diablo en cualquier momento. Quería llevarme bien con Momoko, aunque para ello tuviera que ser un demonio. Quería vivir al lado de Gorō aunque tuviera que vender mi corazón al diablo.

—Perdona que no te haya contado nada hasta ahora —dije con una tranquilidad que me sorprendió hasta a mí misma—. Debí decírtelo antes.

Un leve destello atravesó la mirada de Momoko.

—¿A qué te refieres?

—A Lala.

—¿Lala?

Asentí con la cabeza e hice ruido al tragar saliva.

—Lala... no se cayó al estanque. La tiraron. Y luego lo taparon con una tabla para que no saliera. Esa es la razón por la que murió.

Noté en mis manos cómo la palmita de Momoko rezumaba un sudor frío. Seguí hablando decidida mientras sentía como mi sudor y el suyo se unían y se transformaban en la humedad insidiosa de dos cómplices.

—La mató Chinatsu. Su idea era casarse con tu padre. Tenía intención de ser tu madre, pero estaba celosa porque tú solo te llevabas bien con Lala.

A Momoko le temblaron las aletas de la nariz.

—¿Lo viste?

—¿El qué?

—¿Viste como la mataba?

Le contesté que no había visto como la tiraba al estanque.

—Aunque sí vi como lo cubría con la tabla y se quedaba quieta. Luego corrí al estanque..., pero fue demasiado tarde.

Momoko se me quedó mirando. Le tembló ligeramente la boca, y sus labios, azulados como pequeñas ciruelas aún verdes, se entreabrieron.

—Que se muera —soltó—. Ojalá Chinatsu se muera.

Tan pronto como dijo eso, varios lagrimones le cayeron de los ojos.

Yo grité de júbilo para mis adentros.

7

Por más que intente recordar qué hice durante el mes posterior, no soy capaz. Era pleno invierno, y después de Navidad llegó la Nochevieja y luego el Año Nuevo... Pese al trajín de las fechas, de veras no logro recordar de qué manera pasamos esa estación ni yo ni las demás personas que vivíamos en aquella casa.

Solo recuerdo que cada vez que caía escarcha o esa aguanieve fría sobre la tumba que le habíamos cavado a Lala en el jardín, Momoko y yo poníamos un paraguas sobre la cruz. La niña dejaba delante de la tumba el pescado favorito de Lala servido en un platillo, como si jugase a las casitas. Como ya no íbamos a los trigales, cuidábamos a diario de la tumba, y cuando Momoko llamaba a Lala y se echaba a llorar, yo lloraba con ella.

A veces Momoko me preguntaba con un gesto resignado si Lala ya se habría descompuesto dentro del ataúd de cartón. Yo le contestaba que no, que seguro que estaba durmiendo dentro, blanca y hermosa.

«¿No podemos despertarla? —me preguntaba ella—. Quiero verla. Quiero volver a cogerla en brazos.»

«Creo que no deberíamos —le respondía—. Lala ya no quiere levantarse. Quiere seguir durmiendo.»

«Lala se ha muerto —murmuraba de pronto Momoko a veces—. Lala se ha muerto. Ya no está. Ya no podré verla.»

Yo era la primera a la que se le saltaban las lágrimas en esos instantes, pero no creo que fuese por lástima hacia Momoko. Lala suponía para mí un ser con el que había compartido un cariño indecible. Cada vez que me acordaba de la noche en la que hundí mi cara en su vientre blanco y mullido y ella me mimó como a una cría, de la ternura con que miraba y que seguramente no había profesado a nadie más que a Momoko y a mí, me parecía imposible que Lala hubiese muerto y no podía reprimir las lágrimas.

Cuanto más lloraba yo pensando en Lala, más cariño buscaba en mí Momoko, como si fuese la única persona del mundo en la que podía confiar. Era como si fuésemos hermanas o amigas del alma.

Nunca volvimos a tocar el tema de Chinatsu. A raíz de la muerte de Lala, empezó a ir a casa una vez cada tres días y a observar desde la distancia cómo se encontraba Momoko, pero nosotras jamás mencionamos lo de la gata delante de ella.

Creo que Momoko y yo vivíamos el luto de una manera contenida. Si Chinatsu estaba en casa, a veces me resultaba insoportable e iba a recoger a Momoko a la entrada del colegio. Cuando yo salía con la mochila a la espalda y me veía, me sonreía. Los días de sol, nos íbamos juntas a esa especie de secarral en el que se habían convertido los trigales o paseábamos por el bosque, donde las hojas secas crujían cada vez que pisábamos, y allí recordábamos a Lala o, a veces, cantábamos agarradas de la mano.

Si Gorō se casaba con Chinatsu, tendría que marcharme de la casa de los Kawakubo. Ya no habría razón para quedarme, por muy bien que me llevase con Momoko. Había ocasiones, cuando íbamos agarradas cantando, en las que pensaba en ello y las lágrimas me empañaban la vista. Al oír que me sorbía los mocos, Momoko me miraba con esos lindos ojos. «¿Estás llorando, Masayo? —me decía—. No llores, si no también me vas a hacer llorar a mí.»

Yo tenía veintiún años en esa época y se me suponía ya adulta. Sabía lo que era sufrir de verdad por amor, como sucede al menos una vez en la vida. Vivía por mi cuenta y enviaba dinero a mi madre. Quería llegar a ser pintora y me esforzaba a mi manera por lograrlo. Sin embargo, lloraba a lágrima viva mientras paseaba con una niña de tan solo nueve años bajo aquel cielo excepcionalmente soleado. Y no sucedió una sola vez. Se repitió en varias ocasiones.

La aparición de Chinatsu había provocado que mi mente inmadura alcanzase un grado total de desconcierto. Había perdido el punto de contacto conmigo misma. Era una niña de nueve años, como Momoko; o no: aún menor.

Puede que esa inestabilidad emocional fuera la culpable de que mi cuerpo, siempre sano, contrajera un resfriado espantoso y yo acabara metida en cama. A finales de enero tuve un acceso de fiebre de casi cuarenta grados. Todo lo que veía temblaba como envuelto en llamas; cuando me levantaba, tenía la sensación de que el techo se ladeaba y quería atacarme.

Gorō llamó al médico de cabecera para que me atendiese. Me diagnosticó una gripe. Al parecer, muchos de los niños de la zona residencial norteamericana estaban en cama con la misma dolencia.

Me planteé ingresar en el hospital por miedo a contagiar a Momoko, pero a Gorō le dio la risa y no me hizo caso. Él se tomaba todas las enfermedades con despreocupación. «Solo es un catarro; acuéstate y se te pasará —me dijo—. Tú cuídate y no te preocupes por Momoko.»

Chinatsu siguió yendo a casa todos los días, como de costumbre, y empezó a ocuparse de la cocina y a cuidar de Momoko en mi lugar. Aunque no me agradaba, no tenía suficientes energías para encima angustiarme por esas cosas. Me pasaba el día en cama por culpa de la fiebre, y al despertarme estaba como ida y apenas podía pensar en nada.

Momoko nunca entraba en mi habitación, quizá porque así se lo había mandado Gorō. Solo en una ocasión me preguntó si estaba bien desde el otro lado de la puerta, pero cuando quise contestarle, Chinatsu apareció corriendo por el pasillo y se la llevó. Oí su voz: «No, Momoko. No puedes entrar en su habitación. Masayo aún no se ha curado. ¿Y si te contagia? Luego, ¿qué?».

Creo que Momoko le respondió algo mientras se alejaban por el pasillo, pero no llegué a oírlo.

Era Chinatsu la que me atendía. Aunque a mí no me hiciese gracia, era normal que fuera ella y no Gorō la que me cuidara al caer enferma, dada la relación entre ambos. De todas formas, con la falta de apetito dejaba casi intactas las gachas de arroz que me preparaba, y poco dependía de ella, ya que al final me pasaba todo el rato dormida. Chinatsu, por su parte, casi no me hablaba, de modo que apenas recuerdo qué actitud tuve con ella en mi habitación durante mi convalecencia.

Pasaron tres días y, terminado el cuarto, la fiebre remitió y empecé a sentirme mejor. La tarde del quinto día fue a visitarme el médico: «Ya estás mejor. Ahora solo falta que te alimentes bien y pases un par de días en casa para recuperarte del todo».

Esa noche, el médico y Gorō debieron de darle permiso a Momoko para que fuese a mi habitación. Fuera comenzaba a nevar, y en el parte meteorológico de la radio anunciaron la probabilidad de que cayese una gran nevada. Noté a Momoko un poco más delgada, pero quizá se debía a mi propio agotamiento.

—¿Qué tal estás? —le pregunté.

—Más o menos —contestó Momoko con un tono maduro para su edad—. Tienes que recuperarte pronto, Masayo.

—Ya estoy mejor. Me pondré bien dentro de poco.

—Está nevando, ¿lo sabías?

—Sí.

—Hay que tapar la tumba de Lala con el paraguas.

—Mejor mañana, si no tú también te resfriarás.

—Ya —asintió Momoko sin rechistar. Luego me miró a la cara—. Te he echado de menos —dijo tendiéndome tímidamente la mano.

Yo, metida en la cama, se la agarré con fuerza. Era una mano pequeña, cálida y húmeda.

En ese momento también se sentía la presencia de Chinatsu en casa: el ruido ligero que hacía al arrastrar las zapatillas. La dulzura de su voz al llamar a Gorō. El sonido del agua al fregar los platos en el fregadero. El zumbido del frigorífico cada vez que lo abría. Y de nuevo el ruido ligero de sus zapatillas...

«¿Qué le pasa por la cabeza?», me preguntaba yo. ¿De verdad creía que matando a Lala podía poner a Momoko de su lado, casarse con Gorō y construir un hogar feliz? ¿Pensaba que nadie la había visto matarla? ¿Es que no se había dado cuenta aún de que Gorō y Momoko sabían que ella había matado a Lala?

—Masayo —me dijo Momoko con voz apagada—, no te marches. No quiero que te vayas.

Yo hice un gesto rotundo de negación, mientras sentía cómo se me humedecían los ojos.

La mañana siguiente paró de nevar y el sol asomó la cara; sin embargo, por la tarde, el cielo volvió a ponerse amenazador. Aunque ya no tenía fiebre, me sentía débil y ese día también lo pasé en cama, leyendo.

Después de almorzar, Chinatsu me llevó agua para tomarme la medicación, como de costumbre. Miró por la ventana de mi habitación como si lo hiciera por la ventana de una casa en la que había vivido muchos años.

—Parece que empieza otra vez a nevar —dijo—. Qué fastidio, precisamente esta noche que voy a salir.

En esa época, Chinatsu usaba la expresión «salir» para referirse a que tenía que pasar por su casa. El hecho de que no usara la palabra «volver» daba una idea de hasta qué punto había avanzado el compromiso de matrimonio entre Gorō y ella.

—¿Adónde va? —pregunté yo a propósito con malicia.

Chinatsu observaba distraída la nieve por la ventana.

—A ningún sitio especial —dijo—. Tengo que ir a mi piso a recoger unas cosas. Pero estate tranquila, te dejaré la cena preparada.

—Gracias —contesté por pura cortesía—. Siento darle tanto trabajo.

—No pasa nada. La gripe nos resulta engorrosa a todos. No te preocupes. Recupérate pronto para poder volver a jugar con Momoko.

—En lugar de Lala, ¿verdad?

Chinatsu arqueó un poco las cejas, pero no se le borró la sonrisa de la cara.

—Claro —dijo, y cambió de tema como si nada—. Momoko necesita amigos. Ojalá saliera a jugar con sus compañeras de clase y con los niños del barrio, y volviera a casa llena de barro.

—Supongo que cada niño tiene su personalidad —solté yo, sin importarme que me tomara por una impertinente—. A algunos les gusta la compañía y a otros, no. Yo también fui una niña con pocas amigas y no recuerdo que la vida me resultara especialmente dura.

Chinatsu fingió que no me oía y empezó a juguetear con los pequeños pendientes perlados que lucía bajo sus rizos, como diciendo: «No quiero discutir contigo».

—Ay, estos pendientes están tan apretados que van a acabar haciéndome un agujero en el lóbulo. —Se los quitó y los limpió un poco con la parte inferior del jersey gris oscuro que llevaba puesto—. Bueno, que descanses. Yo merendaré con Momoko cuando llegue de clase y luego saldré. Creo que hoy Gorō vuelve temprano a casa. Vaya faena como no pueda regresar por culpa de la nieve. Por cierto, voy a dejar la cena medio preparada en la cocina, pero tú no te molestes. Ya la terminará Gorō luego.

—¿Mañana también vendrá? —le pregunté. Me arrepentí tan pronto como hice la pregunta. No pretendía hacerla, pero creo que tanto tiempo con fiebre me había afectado.

Chinatsu sonrió como una niña que nunca ha sufrido por nada.

—Sí —contestó con voz inocente—. ¿Por qué? ¿No debería?

—No lo decía en ese sentido —tartamudeé—. No era en absoluto en ese sentido...

Chinatsu sonrió con elegancia. Habría reaccionado del mismo modo si cualquier otra persona le hubiese hablado en el mismo tono sarcástico.

—Además, mañana es sábado —dijo casi cantando—. Vendré antes del almuerzo. Tengo que prepararle la comida a Momoko.

—Gracias —dije sin fuerzas.

Luego me quedé dormida un buen rato por efecto de la medicación. Debí de dormir profundamente porque ni siquiera me enteré cuando Momoko regresó del colegio. Al despertarme, oí su tenue voz, procedente de la sala de estar, en el otro extremo del pasillo.

Me incorporé en la cama porque tenía una sed espantosa. Al hacerlo, me dio un vahído, y cuando puse los pies en el suelo, me sentí como si caminara sobre una nube. Pero no quise molestar a Chinatsu pidiéndole que me llevase un vaso de agua. Me puse la rebeca, abrí despacio la puerta y fui andando hacia la cocina. La voz de Momoko sonaba cada vez más alto.

—¡Qué gracioso estuvo papá! —decía la niña—. Es que se puso el sombrero de un señor que no conocía de nada. El señor lo perseguía con cara de apuro, pero papá no se enteraba y seguía andando conmigo en brazos.

—¿Y qué pasó? —Oí la voz risueña de Chinatsu—. ¿No se dio cuenta?

—No, pero yo sí, y lo avisé: «¡Papá, que ese sombrero no es tuyo!». Entonces, por fin se dio cuenta, pero había andado tanto que el señor ya no estaba. Pobre. El sombrero de papá era uno viejo y sucio. Seguro que el señor se lo puso y se lo llevó a casa en vez del suyo.

Chinatsu se echó a reír con unas carcajadas exageradas. La risa de Momoko se mezcló con la suya. Luego oí cómo posaban una taza de cerámica sobre la mesa y, a continuación, cómo abrían una bolsa. Me detuve ante la puerta de la sala de estar.

Eché un vistazo al reloj de pulsera que llevaba puesto: eran las tres y media. Imaginé a Momoko y Chinatsu merendando juntas. Una sentada frente a la otra, en armonía. La chimenea encendida. Intercambiando sonrisas en aquella sala de estar cálida y acogedora mientras bebían leche y comían los dulces finos que Chinatsu había comprado.

No sé por qué me perturbé de ese modo por tan poco. Momoko estaba riéndose. Estaba alegre y animada. Sonreía a Chinatsu. Hablaban en mi ausencia de algo que yo desconocía. Y al pensar en ello, un sudor desagradable me empezó a rezumar por todo el cuerpo. Aun cuando estaba pisando descalza el suelo helado del pasillo, sentí que mi cuerpo comenzaba a arder, como si me estuviese dando otro acceso de fiebre.

—¡Cómo nieva! —Oí la voz de Chinatsu—. No me gusta tener que ir a pie a la estación con este tiempo.

—¿No vas en autobús?

—El próximo es a las cuatro y treinta y cinco. Si lo espero, no llegaré a tiempo.

—Entonces, ¿a qué hora vas a salir? —preguntó inocentemente Momoko.

—Cuanto antes —dijo Chinatsu—. He quedado en mi casa a las cinco con alguien que va a ayudarme.

—¿Ayudarte a qué?

—A hacer las maletas —dijo Chinatsu, y soltó una risita. Oí cómo posaba la cucharilla—. ¿Tu papá aún no te lo ha contado? Momoko, la semana que viene me mudo a vivir con vosotros.

—Mmm —dijo Momoko—. Ah, bueno.

—Aunque diga que me mude, los muebles se quedarán en el piso. Quiero ir trayendo solo vestidos, medias y otros objetos personales. Porque ¿no ves que me paso todos los días aquí? Es un lío tener que volver a casa cada vez que quiero cambiarme de ropa.

Hubo un silencio. Chinatsu fue la primera en abrir la boca.

—¿Te parece mal que viva con vosotros, Momoko?

La niña respondió con una risita insinuante.

—¿Por qué me lo preguntas?

—Porque no quiero que te parezca mal.

—No me parece mal. A ti te gustaría vivir con nosotros, ¿verdad?

—Claro que sí. —A Chinatsu le tembló la voz—. Quiero que vivamos los tres juntos: tu papá, tú y yo.

—¿Y Masayo?

Cerré los ojos. Noté que algo caliente me brotaba de las entrañas. Momoko volvió a preguntar:

—¿Masayo ya no va a vivir con nosotros?

—Puede quedarse, por supuesto. Pero Masayo es tu profesora particular, ¿verdad? No es de la familia y seguramente no podrá quedarse aquí para siempre.

Contuve el aliento esperando a que Momoko contestase algo, pero no hizo ningún comentario al respecto.

—Oye, Chinatsu —dijo al final. En su tono había algo impostado—, ¿vamos a dar un paseo?

—¿Un paseo?

—Sí. Conozco un buen sitio. Es un sitio secreto.

—¡Hala, qué bien! —dijo Chinatsu con voz atiplada—. ¿Dónde? ¿Dónde está?

—Cerca de aquí. En los trigales.

—¿En los trigales? ¿No habrás escondido algún tesoro?

—No, no es eso, pero... es que me gustaría ir contigo.

—¿Con la nieve que está cayendo?

—¿No te apetece pasear?

—Claro que me apetece —dijo Chinatsu con un tono servil digno de lástima—. Es la primera vez que me invitas a ir de paseo.

Percibí que la mujer se levantaba de la silla. De golpe, eché a correr por el pasillo y me metí en mi cuarto. Tenía el corazón a cien. En el momento no supe por qué estaba tan acelerada, pero no sentía ni una pizca de envidia por el hecho de que Momoko hubiera invitado a pasear a Chinatsu. Más bien, había empezado a rondarme una extraña angustia.

Noté que Chinatsu salía de la sala de estar e iba a la cocina. El ruido de Momoko corriendo a su habitación para coger el abrigo y volver. El de Chinatsu regresando a la sala.

Pegué la oreja a la puerta de mi dormitorio. Oí la voz de Chinatsu procedente de la entrada de la sala de estar.

—Oye, Momoko, espera un segundo. No tengas tanta prisa. Voy a dejarle una nota a tu papá.

—¿Por qué? ¿Qué vas a poner?

—Que he ido a dar un paseo contigo y que volvemos enseguida.

—¿Por qué tienes que escribirle eso?

—Pues porque... —balbuceó Chinatsu, y añadió avergonzada—: Porque quiero que tu padre sepa que me has invitado a ir de paseo.

—No, no lo hagas —dijo Momoko en voz alta.

—¿Por qué?

—No lo sé, pero... no lo hagas.

—¿Qué más da, Momoko? —se extrañó Chinatsu—. Seguro que tu papá se alegra. Cuando lea en la nota que he ido a pasear contigo...

—Que te digo que no —la interrumpió de manera violenta Momoko—. Es que... es un escondite secreto. Solo te lo enseñaré a ti. A papá no puedo enseñárselo. Por eso no quiero que se lo cuentes.

Chinatsu se rio entre dientes.

—Ya entiendo. Es porque es un sitio secreto, ¿no? Me da pena tu padre, pero no se lo podemos enseñar, ¿verdad?

—No —dijo Momoko aliviada—. Ya sé: puedes poner que te has ido a dar un paseo sola y que volverás luego.

—Qué pilla eres, ¿eh, Momoko? —se burló Chinatsu.

—Venga, ponle eso. Dile que te has ido a pasear sola.

Chinatsu volvió a reírse.

—Si no me queda más remedio... Vale. Le escribiré eso, entonces. No tendría gracia que descubriera nuestro secreto, ¿a que no?

Momoko dijo algo, luego oí el golpeteo de las zapatillas de Chinatsu al moverse por la sala, me pareció oír cómo dejaba el lápiz sobre la mesa, se rieron por algún motivo y por fin salieron de casa.

Durante unos cinco minutos me quedé quieta en la misma posición. Un presentimiento espantoso, como jamás había sentido, me tenía paralizada.

Me vino a la memoria el pozo ruinoso que Momoko me había llevado a ver. Aquel agujero en medio del suelo. El pozo ya inservible donde tanto el letrero de prohibido el paso como la alambrera que lo tapaba estaban negros y oxidados.

Al otro lado de la ventana, no paraban de caer copos de nieve gruesos y húmedos, y en el interior de la casa reinaba un silencio extraño. El suelo de madera rechinó cuando desplacé ligeramente el tronco hacia delante. Era un sonido idéntico al ruido que se produce cuando un brocal se derrumba con el peso de un cuerpo humano y el negror abismal del pozo arrastra a la persona hacia el fondo.

El miedo me atenazó la garganta. Dando traspiés, me quité deprisa el camisón y saqué del armario el primer jersey y la primera falda que vi. Ni me acordé de que todavía no me había curado del todo de la gripe. Cogí un abrigo azul marino, corrí descalza para ponerme unas botas que había en la entrada, y cuando me di cuenta, estaba saliendo a toda prisa de casa con el paraguas en la mano.

No me acordaba exactamente de en qué dirección estaba el pozo, ya que Momoko solo me había llevado en una ocasión. Pero mis pies se dirigieron a los trigales, y una vez allí me adentré en los senderos nevados de las lindes. No vi a Momoko ni a Chinatsu por ninguna parte. No se oían sus voces. A pesar de que había empezado a oscurecer, la nieve confería un extraño tono blanquecino al paisaje. Los vastos cultivos de trigo estaban teñidos de blanco y, en el soto del otro lado, los árboles cubiertos de nieve extendían sus finas y blancas ramas como una maraña de espinas.

Con la nieve, daba la sensación de que hubieran echado cemento a la vía sin asfaltar del autobús, pero en ella no había rastro no ya solo de coches, sino tampoco de bicicletas o de presencia humana. Los copos de nieve húmeda hacían ruido al golpear el paraguas. El único otro sonido que me retumbaba en los oídos era el ruido descompasado y jadeante de mi propia respiración.

Solo podía pensar en que ojalá estuviese equivocada. Era imposible que Momoko hubiese ido al pozo. No tenía sentido ir allí en un día tan frío y nevoso. Y mucho menos con Chinatsu.

Al llegar al límite de los trigales, supe que no me había equivocado de dirección. Por culpa de la nieve, la impresión que me dio la zona fue distinta, pero aquel descampado me resultaba familiar. A lo lejos vi la bicicleta abandonada cubierta de nieve, con el manillar oxidado sobresaliendo en diagonal.

Entonces oí una risilla muy tenue. Me detuve y tomé aire. Al mirar al suelo capté el rastro de dos pares de huellas que se dirigían rectos por el descampado. Unas pisadas pequeñas y monas, otras más grandes...

Más adelante había varios abetos y una zona cubierta por arbustos bajos. La nieve lo cubría todo, dándole el aspecto de un pastel gigante de Navidad. Más allá de los arbustos vislumbré algo rojo. Cuando reparé en que era el abrigo que Momoko siempre se ponía, un escalofrío me recorrió la espalda, y no era por culpa de la fiebre.

Las piernas me echaron a andar solas. En aquel rincón que parecía un pastel de Navidad había un pozo. Y Chinatsu estaba allí en ese preciso instante. Con Momoko.

Comprendí en el acto qué significaba aquello. En ese instante vino a la mente la voz de Momoko: «Ojalá Chinatsu se muera. Que se muera».

Al llegar a los arbustos, me tapé la boca y observé a hurtadillas lo que pasaba al otro lado. Chinatsu llevaba un abrigo naranja y estaba en cuclillas con las piernas separadas, igual que una niña, haciendo un muñeco de nieve. Momoko la miraba. Ella llevaba un gorro de lana blanca y una bufanda del mismo color enrollada al cuello. En las manos, unas manoplas amarillas. Tenía la vista clavada en Chinatsu. Mientras tanto, la mujer se divertía sola y, resollando con los bajos del abrigo remangados, se empleaba a fondo en hacer aquel muñeco de nieve.

Su aliento se esparcía blanco en el aire y dibujaba patrones vaporosos en el paisaje níveo. Cerca de sus pies, los restos del letrero desvencijado, cubiertos por la nieve: PELIGRO. POZO.

Pero ya ni siquiera parecía un letrero. Era una simple tabla tirada, un despojo ennegrecido sin ningún significado. El exiguo brocal que rodeaba el pozo también estaba enterrado bajo la nieve. ¿Quién demonios iba a darse cuenta de que allí había un hoyo? Solo Momoko y yo lo sabíamos.

La niña, que hasta entonces había estado quieta, dio un paso adelante.

—Esa... —dijo con una entonación plana—. Esa nieve de ahí es más pura, Chinatsu.

—¿Cuál? —le preguntó ella.

La niña señaló con su linda manopla una zona del suelo teñida de blanco.

—Ahí. Esa nieve.

Chinatsu dirigió la mirada hacia la nieve que cubría el pozo. Cualquier persona entendida habría percibido que lo abultado de aquella nieve se debía a que había algo debajo. Aunque no llegara a adivinar que se trataba de un agujero, al menos se habría dicho que quizá hubiese un tronco o algo enterrado.

Sin embargo, Chinatsu no se dio cuenta. La nieve apilada sobre la tabla medio podrida que cubría el pozo parecía más reciente y suave que la que había alrededor.

—¡Es cierto! —dijo Chinatsu exhalando su blanco aliento—. ¡Qué bonita!

Los botines negros manchados de nieve se movieron hacia delante a grandes zancadas. Sus pies se acercaron al pozo, se colocaron encima y se detuvieron un instante.

Durante una fracción de segundo puso cara de perplejidad. ¿Notó quizá algo raro bajo sus pies? ¿O fue porque una enigmática sensación de pánico la invadió en ese momento? Su rostro, bello y acalorado, se congeló.

Al instante siguiente, la nieve blanca se tragó a cámara lenta su cuerpo, como una esquiadora arrastrada por una avalancha. Lo último que se vio de ella fue el brazo derecho. Su mano, calzada con un guante negro de cabritilla, intentó agarrarse a la nada.

Se oyó un chillido. Aunque no estoy segura de que fuera suyo. Tal vez fui yo la que chilló. O quizá fue tan solo una alucinación.

Hubo un estruendo bajo tierra. Oí cómo caían fragmentos de madera o algo parecido. La nieve amortiguó todo el ruido. Inmediatamente volvió a hacerse el silencio. Solo quedaron el hermoso paisaje nevado sin la presencia de Chinatsu, el muñeco a medio hacer y la niña, clavada y con gesto inexpresivo.

«Llamaré a Momoko y confirmaré con ella que lo que acaba de ocurrir ha sido un accidente espantoso, avisaré a la policía, le pediré que tome alguna medida...» Eso fue lo que pensé en el momento. Pero no es solo que no me saliera la voz, es que ni siquiera fui capaz de moverme.

Entretanto no cesaban de caer copos gruesos. La nieve se precipitaba sin pausa sobre el hoyo que se había tragado a Chinatsu..., aquella cavidad negra al descubierto.

Momoko se dio media vuelta despacio y, con las manoplas, se sacudió tranquilamente la nieve adherida al abrigo. Echó un vistazo atrás, al pozo, y se mordió el labio. Entonces entornó ligeramente los ojos y echó a correr con toda su energía.

El abrigo rojo se fue alejando por el paisaje blanco en un visto y no visto. Era como un diablillo lindo y malvado corriendo en medio de la nieve.

A medida que se distanciaba, el diablillo fue transformándose en un puntito negro. La bufanda blanca se agitaba con el viento como si fuera el largo rabo de Lala. Momoko se movía con rapidez. Igual que Lala.

Sí, aquella era Lala. La única explicación que se me ocurría era que... Lala, en su ataúd, se había encarnado de pronto en Momoko y había consumado su venganza contra Chinatsu.

Pasado el estupor inicial, empezaron a darme unos espasmos terribles. Mi cuerpo se echó a temblar como si lo atravesara una descarga eléctrica, los dientes me castañeteaban, me rechinaba la mandíbula.

Me entraron náuseas al imaginar en qué posición estaría tendida en ese instante Chinatsu, en el fondo profundo y lejano del agujero que se la había tragado. Podía figurarme su bonito rostro, crispado por el miedo, colgando inerte del cuello sobre las extremidades descoyuntadas.

No pensé en que quizá estuviese aún viva. Ni en que se había muerto. Solo tenía en mente alejarme lo antes posible de allí, volver a casa, meterme debajo de las cálidas sábanas y quedarme quieta.

De pronto se me revolvió el estómago. Me encorvé como una gamba y vomité. Los jugos amarillos mancharon la nieve. Una vez que eché todo lo que tenía en el estómago, un alarido débil me brotó del fondo de la garganta. Al tiempo que gritaba con aquella voz inaudible, me dirigí dando tumbos hacia la casa de los Kawakubo por el mismo campo nevado por el que Momoko se había ido corriendo transformada en un diablo.

8

Hay algo que debo contar, no sin antes reunir valor. Me refiero a lo que hice después.

Al regresar a casa, eché un temeroso vistazo al interior desde la terraza de la sala de estar: Momoko se había quitado el abrigo, el gorro y las manoplas, y estaba acuclillada delante de la chimenea abrazándose las rodillas. Enseguida notó mi presencia en la terraza y levantó la cabeza para mirarme. El miedo se había adueñado de su rostro. En un impulso repentino, se puso en pie, fue corriendo al ventanal y lo abrió de par en par.

—¿Qué haces ahí? —me preguntó con aire enfadado. Saltaba a la vista que estaba turbada y angustiada. No era de extrañar que me hiciese esa pregunta, ya que debía de creer que yo estaba durmiendo en mi habitación.

—Nada —dije—. Como ya estoy mejor, he ido a pasear.

—¿Nevando?

—No pasa nada, me he abrigado bien.

—¿Una vuelta hasta dónde?

Una persona adulta no habría hecho una pregunta tan tonta. Pero Momoko tenía nueve años. Sin duda, le preocupaba que yo hubiese ido al pozo y quería asegurarse a toda costa.

—Por aquí cerca —dije con una sonrisa torpe—. Solo he caminado un poco por detrás de la casa.

—Entonces, no has ido lejos, ¿no?

—No —aseguré.

—¿No has ido hasta el fondo de los trigales?

—¿Cómo iba a ir tan lejos? —le dije con una sonrisa tranquila—. La verdad es que me he despertado hace un rato y al mirar el jardín por la ventana..., me pareció ver correr a una gata que era igualita a Lala. Me llevé tal sorpresa que salí deprisa a echar un vistazo, eso es todo. Pero debió de ser mi imaginación. No he visto ningún gato fuera.

—Ya. —Momoko asintió y por fin se relajó, como aliviada—. ¿Qué haces ahí parada? Como no entres, te va a subir otra vez la fiebre.

—Tienes razón —dije, y di la vuelta hasta la entrada.

Mientras me quitaba el abrigo y sacudía la nieve de las botas, Momoko debió de guardar en alguna parte el abrigo y las manoplas que había dejado tirados. Cuando entré en la sala de estar, las prendas mojadas ya no estaban delante de la chimenea.

Me fijé en la nota que había sobre el *chabudai*. Rodeé la mesa adrede y dije:

—¡Oh! ¿Qué será esto?

Momoko se dio la vuelta. Un leve rictus le crispó la comisura de los labios.

—Es una nota para papá —dijo con una alegría artificiosa—. La escribió... Chinatsu. Hace un rato, antes de marcharse. Es que se ha ido a su casa. ¿Lo sabías?

—Ah, ¿sí? Pensaba que había ido a hacer la compra. No tenía ni idea —dije al tiempo que cogía la nota—. Debía de estar muy dormida. No me enteré de nada.

Momoko, de espaldas a mí, se quedó callada. La lumbre de la chimenea hacía que su cabello mojado despidiese un brillo rojizo.

En la nota ponía lo siguiente:

Querido Gorō:

Voy a salir ya, pero la nieve está tan bonita que daré un paseo antes de ir a la estación. La próxima vez, cuando mejore el tiempo, me gustaría explorar la zona con Momoko y contigo. Este paseo me servirá para ir estudiando el terreno. Hasta mañana.

La nota estaba firmada y, al pie, había escrito: «Un millar de besos» en inglés.

Volví a dejar el papel sobre la mesa, coloqué el cenicero a modo de pisapapeles y permanecí inmóvil un instante. En el fondo de mi ser quedaba un temblor que parecía que nunca iba a desaparecer, pero por lo menos ya había recuperado la compostura. De hecho, creo que incluso sentía la satisfacción que una experimenta después de haber dejado atrás un problema muy gordo.

—Como Chinatsu no está... —dije mirando a Momoko a la cara. Fui incapaz de decir «Como Chinatsu se ha ido a su casa». Estaba siendo sincera y la única forma de expresarlo era diciendo que «no estaba»—, esta noche podremos cenar los tres a solas.

Momoko me miró. El rubor tiñó sus mejillas, blancas y transparentes, como si les hubiesen dado un brochazo.

—Ojalá Lala estuviera viva —murmuré con la mirada gacha—. Imagínate qué bonito sería si pudiéramos volver a vivir los tres con ella.

Momoko asintió con un leve movimiento de cabeza. La leña crepitaba en la chimenea. Yo también asentí y señalé sus pies.

—Tienes los calcetines mojados.

Momoko encogió de golpe las piernas, que tenía estiradas hacia el fuego. Yo sonreí en silencio.

—Ve a cambiártelos, anda.

Momoko me miró a la cara sin pestañear. Tuve la sensación de que el tiempo se había detenido. Yo volví a asentir con la cabeza sin mudar el gesto e insistí amablemente:

—Si no te los cambias, vas a resfriarte.

—¿Lo sabes? —me preguntó ella en voz baja—. ¿Lo viste, Masayo?

—¿De qué me hablas? —Me hice la tonta—. Venga, ¿te cambias los calcetines y luego me ayudas en la cocina? Yo aún estoy un poco débil, así que vas a tener que echarme una mano.

Momoko no me quitaba ojo. La leña volvió a crepitar en la chimenea. Su mirada se parecía a la mirada inexpresiva pero tácitamente suplicante con la que Lala observaba a veces a los humanos.

Me acerqué a la chimenea y, agachándome junto a ella, la agarré de la mano.

—Siempre estaré a tu lado —dije con la voz velada—. No te preocupes, yo te protegeré. En lugar de Lala.

En un instante, los ojos de Momoko perdieron su tensión, se empañaron y empezaron a emocionarse, como si al fin hubiera recobrado el juicio. Yo la abracé en silencio. Permanecimos quietas un buen rato, llenando los pulmones del olor a nieve que impregnaba nuestros cuerpos.

Al día siguiente, Gorō, incapaz de ponerse en contacto con Chinatsu, fue al piso de su novia en Ōkubo y se enteró de que el día anterior no había pasado por allí. Contactó con sus amigos y conocidos, pero nadie la había visto, de modo que acabó dando parte a la policía dos días más tarde.

La nota que dejó era la principal pista. La policía peinó la zona alrededor de la casa de los Kawakubo y halló su cadáver en el pozo campestre situado en la periferia de los trigales.

A la luz de la autopsia, se determinó que Chinatsu había muerto por accidente. Obviamente, tanto mis huellas como las de Momoko habían desaparecido sin dejar rastro gracias a que no había parado de nevar.

Gorō nunca llegó a entender por qué Chinatsu había ido tan lejos de paseo en un día de nieve, y el muñeco inacabado que quedó cerca del lugar de los hechos le dejó un triste recuerdo que jamás olvidaría.

—Chinatsu quiso hacer un muñeco de nieve grande para darnos una sorpresa a Momoko y a mí al día siguiente —me diría a mí más tarde—. De vez en cuando, le gustaba dar esa clase de sorpresas a los demás. Estoy seguro de que eso fue lo que pasó: quiso hacer el muñeco de nieve y se cayó en el pozo. Fue tan lejos solo para darnos una sorpresa y murió.

Cuando me lo contó, asentí callada. En parte, lo que decía era cierto: Chinatsu fue a hacer un muñeco de nieve y se cayó en el pozo. No había nadie con ella. Solo un diablillo... la encarnación de Lala tras haber resucitado en su ataúd.

9

Me habría salvado ¡y cómo!, si mi historia con Gorō Kawakubo hubiese terminado ahí. Yo llevaba un demonio en mi interior, como le ocurre a mucha gente. Era una mujer que podía fingir que no había visto lo que había visto. Capaz de relegar al olvido cualquier deseo de expiación, sobre todo si ello redundaba en mi beneficio. Capaz de ver de forma positiva hechos espantosos y quedarse conforme con tal de sobrevivir.

Si esa madrugada Gorō no hubiera llamado a la puerta de mi habitación, quizá no me habría pasado el resto de la vida atormentada por un profundo remordimiento.

Ocurrió una noche fría de finales de febrero, alrededor de un mes más tarde de la muerte de Chinatsu. Gorō se había encerrado en su taller después de la cena. Tras esperar a que Momoko se quedase dormida, yo limpié la cocina, puse en orden la sala de estar y, una vez apagado el fuego de la chimenea, llamé con los nudillos a la puerta del taller.

—Maestro —dije desde fuera—, ¿le traigo algo caliente para beber?

—No, no hace falta —oí decir a Gorō. Parecía cansado.

Me entraron ganas de ver qué estaba haciendo allí dentro, pero me contuve. Nadie conocía mejor que yo la honda tristeza que lo poseía ahora que había perdido a su amada prometida.

No era tan estúpida para ponerme celosa porque él pensase en la difunta Chinatsu, porque se refugiase en sus recuerdos y llorase a solas por ella. La mera idea de que aquella mujer ya no existía me hacía feliz. Me había librado de los celos porque ya no tenía que verla día y noche mirándolo, sonriéndole y arrimándose a él.

—Buenas noches, entonces —le dije—. Procure no trabajar demasiado.

—Gracias —me dijo—. Buenas noches.

Volví a mi habitación y estuve un rato quieta sentada en la cama. A raíz de la muerte de Chinatsu, había empezado a padecer síntomas de insomnio, y para entonces ya era incapaz de dormir hasta bien entrada la madrugada, pero estar en vela me procuraba cierta paz interior. Me daba miedo dormir. Cuando dormía, solía tener pesadillas espantosas. Prefería engañar a mi cuerpo extenuado y permanecer despierta en vez de tener que soñar que Chinatsu volvía a la vida, ensangrentada tras haber caído al pozo, y que celebraba su boda con Gorō.

Mientras ojeaba un libro de Brueghel a la luz del flexo de mi escritorio, oí cómo la puerta del taller, en el otro extremo del pasillo, se abría con un leve ruido y volvía a cerrarse. Levanté la cabeza y agucé el oído. Se oyeron unos pasos, pero no se detuvieron ni delante de la puerta de su dormitorio ni de la sala de estar.

El corazón me latía. Los pasos se estaban acercando despacio a mi habitación. Cerré el libro de pintura y miré a la puerta.

Los pasos se detuvieron delante de ella y, tras un silencio como vacilante, se oyeron unos golpecitos. Yo, en vez de responder, me quedé quieta, con una mano apoyada en el respaldo de la silla.

—Masayo —susurró Gorō—, aún estás despierta, ¿verdad?

—Sí —dije. El pomo de la puerta se movió despacio.

Gorō, con una rebeca negra desabrochada, asomó la cara sobre el fondo penumbroso del pasillo.

Llevaba barba de varios días y me miró con una sonrisa floja.

—¿Qué hacías?

—Mirar... —dije, y a continuación tragué saliva—. Mirar un libro de pintura de Brueghel.

Él fue directo. Jamás lo había visto actuar de otro modo, pero en ese momento fue tremendamente directo.

—Voy a entrar —me dijo—. Me apetece estar contigo.

—Vale —asentí. Una respuesta estúpida, pero no se me ocurrió nada mejor que decir.

Él entró sin vacilar y cerró la puerta tras de sí. Yo miré de reojo la cama, cuya colcha había dejado deshecha. La pequeña almohada con el estampado de flores me resultó terriblemente obscena.

No sentía ningún temor. En ese instante solo sentía cierta perplejidad y una expectación vergonzosa.

Él se sentó en mi cama y me miró con los ojos húmedos y brillantes. Yo sonreí con torpeza.

—Tengo mucho frío —susurró él.

Miré como una tonta la estufa de queroseno que había en medio de la habitación.

—¿La subo un poco más?

Él sonrió.

—No hace falta. No me refería a esa clase de frío.

Yo me puse colorada.

—Masayo —dijo él, y suspiró—, tengo frío. Hay una parte de mí que está helada y no consigo calentarla. No sé qué hacer.

Parecía a punto de llorar, pero su boca seguía esbozando aquella sonrisa como si jamás fuera a borrársele.

—Me alegro de que estés aquí. —Me miraba—. Sin ti, sufriría aún más.

No supe qué contestarle. Me quedé callada y le miré los pies..., aquellos pies con calcetines negros.

—Aquí donde me ves, no puedo vivir sin compañía. Lo estoy pasando mal. —Luego tendió suavemente la mano hacia mí—. Masayo, ven aquí.

Yo alcé la cara y lo miré. Él asintió con la cabeza.

—Ven aquí.

«No puedo —pensé—. Me lo está pidiendo porque sufre por haber perdido a Chinatsu, no porque sienta más cariño por mí...» Pero apenas formulado ese pensamiento, ya me había levantado de la silla.

Había muy poca distancia entre la cama donde él se había sentado y mi silla. Al levantarme, nos quedamos frente a frente, a un palmo el uno del otro.

Gorō me cogió con suavidad del brazo para que me sentara y me arrimó a sí con mucha naturalidad. El corazón me batía con tanta fuerza que sentí vergüenza, pero la dicha por hallarme en la situación que más deseaba en el mundo era tal que me olvidé por completo del pudor.

—Maestro... —Hundí mi mejilla en su hombro y percibí ligeramente su olor corporal a través de la chaqueta que llevaba puesta. Inhalé su aroma, le rodeé el cuerpo con las manos e intenté agarrarme a él como una niña pequeña.

Él me acarició la cabeza, me frotó la espalda un rato y me apartó los pelos que se me habían pegado a la mejilla hasta que, por fin, atrajo mi mentón hacia sí haciendo un poco de fuerza.

Fue el primer beso de mi vida. Sus labios, secos y calientes, cubrieron varias veces los míos, y poco después, como manifestando que era incapaz de aguantar más, me metió la lengua de una manera un tanto brusca en la boca.

Cerré los ojos, contuve el aliento y me quedé quieta. Las lágrimas asomaron y se derramaron por el rabillo. Sabía que no me quería. Que Chinatsu ya no estuviera no significaba que él me amara. Por más muestras de cariño que me hubiera dado, nada había cambiado en nuestra relación.

Sin embargo, si me deseaba, accedería de buen agrado a su proposición. Se parecía a lo que sentí cuando quise ser la sierva de Momoko. Quería ser su sierva. Me sometería gustosamente a aquel hombre, aunque no me amase, con tal de poder compartir algo con él.

Gorō empezó a acariciar mis pechos duros por encima del jersey granate de rebajas. Le confié mi cuerpo, relajándome lo máximo posible para transmitirle que podía hacer conmigo lo que deseara. Él me daba pequeños besos en la nuca y en los lóbulos sin parar de repetir en voz baja mi nombre con su tono grave: «Masayo».

«Masayo... Masayo...» Su voz fue enronqueciéndose hasta tal extremo que ya no se sabía si era un gemido o una risa. Poco después, sus manos dejaron de tocarme el pecho y, para mi sorpresa, me di cuenta de que Gorō estaba llorando.

Se apartó de mí, agachó la cabeza, su espalda comenzó a temblar. Oí cómo se sorbía los mocos y contenía el llanto.

—Maestro... —lo llamé. Pensé desesperada en qué haría una mujer adulta si un hombre se echase a llorar mientras la acaricia. Pero no llegué a ninguna conclusión. Me quedé abstraída.

—Momoko por fin iba a tener una madre —dijo sollozando mientras se tapaba la cara—. Quería darle una familia completa.

—Lo entiendo —dije en voz baja. Me vi capaz de escucharlo sin perder la calma aunque se pusiera a contarme lo mucho que quería a Chinatsu. Por más que la amase, Chinatsu estaba muerta. En ese sentido, era una mujer que vivía solo en sus recuerdos, igual que Yuriko... No suponía para mí un motivo real por el cual sentir celos—. Entiendo cómo se siente —le dije—. Lo entiendo tan bien que no sé qué decir...

—Masayo... —Gorō alzó la cabeza de repente y me miró. En el esfuerzo por disimular el llanto, las contracciones de los párpados hacían que sus ojos pareciesen más grandes de lo normal—. Chinatsu era... la madre biológica de Momoko.

¿Podría aplicarse la expresión «soñar despierta» a la incertidumbre que sentí? Al principio pensé que había oído mal o que lo había entendido así porque él no había sabido explicarse. Lo miré y guardé silencio.

—A Momoko la parió Chinatsu —repitió él.

Permanecí quieta sin entenderlo. Tenía la mente en blanco.

Gorō apartó la mirada de mí, se sorbió los mocos y respiró hondo.

—Es una historia larga y aburrida, pero me gustaría contártela. Pasó hace más de diez años. Poco después de la guerra. Yo había empezado a hacer trabajillos para el ejército norteamericano, sacándole partido a mi especialidad. A veces me encargaban que les dibujara mujeres hermosas al estilo *bijin-ga* en las postales de Navidad o que pintara el monte Fuji o alguna aprendiz de geisha en las sedas con las que envolvían los regalos. No me pagaban nada mal. Fue entonces cuando conocí a Chinatsu. Ella era intérprete, como ya te he dicho. Se dejaba caer a menudo por las fiestas que organizaba el ejército de ocupación. Una vez les diseñé las invitaciones que repartían y, ese día se dio la casualidad de que Chinatsu estaba en la recepción.

Gorō alzó la cabeza y miró fijamente la llama de la estufa de queroseno.

—Nos enamoramos, y pasado un tiempo, Chinatsu descubrió que se había quedado embarazada. Yo quería casarme con ella, así que me declaré, y ella aceptó. Cuando se lo conté a mi padre, que entonces estaba en Tokio, me dijo que hiciera lo que quisiera. Él no pensaba más que en la amante francesa que había dejado en París. Chinatsu y yo habíamos acordado celebrar la boda por todo lo alto cuando naciera la niña y luego, una vez que estuviéramos asentados, mudarnos a Francia con la ayuda de mi padre y vivir en París. En esa época, Chinatsu no tenía ojos más que para mí. De eso estoy seguro.

Un escalofrío empezó a recorrerme el fondo del estómago. Cerré el puño y lo apreté contra la boca.

—No sé por qué te cuento su forma de ser..., pero era una mujer muy independiente. —Sonrió irónicamente—. Al mes de quedarse embarazada, comenzó a hablar a menudo de un oficial del cuartel general de las Fuerzas Aliadas. A veces la invitaba a comer junto con otros intérpretes o se los llevaba en coche a ver el mar. Aunque me extrañó un poco, no sospeché nada. Normal, ¿no? A nadie se le ocurriría pensar que la mujer con la que estás prometido y que lleva en su vientre a tu hija se va a enamorar de otro estando embarazada. Durante una temporada, no pasó nada. El bebé nació bien. A la niña, esa niña tan guapa y que tanto se parecía a Chinatsu, la llamamos Momoko. Momoko, porque nació justo en la época en la que florecen los melocotoneros. Era un nombre sencillo, pero a nosotros nos gustaba.

Me mordí con fuerza el puño, asegurándome de que Gorō no me viese. Lo hice para no echarme a gritar.

—Cuando nació Momoko, la madre de Chinatsu vino de Otaru y fue sobre todo ella la que la cuidó. Chinatsu se desentendía. Al poco tiempo, aprovechando que estaba su madre, retomó el trabajo de intérprete y empezó a llegar a casa entrada la noche.

Yo no sospechaba nada. Un día le planteé en serio el asunto de la boda. Tenía varias ideas sobre dónde y cómo celebrarla, adónde ir de luna de miel, dónde hacer nuestra vida de recién casados... Pero cuando saqué el tema, Chinatsu me dijo: «Lo siento». Yo no sabía por qué se disculpaba. Ella se echó a llorar y no pudimos hablar durante una media hora. Me enfadé, le grité que me diera una explicación, y entonces me lo confesó: estaba enamorada de ese oficial norteamericano. En ese momento me quedé sin palabras. Luego le pregunté qué pensaba hacer. «Pienso casarme —me dijo—. Le he hablado de Momoko. Nos la llevaremos con nosotros a Estados Unidos.» Lo que ocurrió luego... —Gorō se puso recto, suspiró y me miró— preferiría no recordarlo. Yo era joven y osado. Me planté en el piso del oficial con intención de partirle la cara, pero fui yo el que recibió. En algún momento llegué incluso a sacar un cuchillo. Después de montar varias escenas, planeé raptar a Momoko. Si me la llevaba a la fuerza, regresaría conmigo. Visto ahora, resulta ridículo, pero yo estaba convencido de que iba a ser así.

—Entonces, ¿la madre de Momoko no era la señora Yuriko? —dije con voz temblorosa—. No puedo creérmelo.

—En este mundo suceden muchas cosas difíciles de creer. Al final... —Gorō se levantó el flequillo, que le caía sobre la frente—. Al final Chinatsu renunció a Momoko. Porque era el fruto de un amor que se había enfriado. Puede que la considerara un lastre. El caso es que dejó a Momoko a mi cargo y se casó con el oficial. Me dijo entre lágrimas que un día volvería a buscarla, pero yo no la creí. Todos sus familiares de Otaru montaron un revuelo para ver quién se hacía cargo de la niña, pero rompí los vínculos con ellos. Mi padre también parecía afectado. Aunque en esa época aún vivía en esta casa y tenía una amante japonesa que lo visitaba a menudo, tuvo el detalle de decirnos que nos mudáramos con él. Yo no quería molestarlo, pero no me quedó más remedio que aceptar. Ten en cuenta que apenas habían pasado seis meses desde el nacimiento de Momoko. Yo no podía hacer nada sin la ayuda de la asistenta que trabajaba en casa de mi padre. Me acuerdo de que un día mi padre trajo una mujer a casa. Había perdido a toda su familia en los bombardeos de Tokio y se había quedado sola en la vida. Sin que yo se lo pidiera, esa mujer empezó a venir por casa y a cuidar de Momoko. Ella... era Yuriko.

—Yo... Yo... —musité—. Yo pensaba que la madre de Momoko era Yuriko... No me puedo creer que fuera Chinatsu...

Gorō no parecía darse cuenta de que mi comportamiento no era normal. Siguió hablando:

—Yuriko y yo nos casamos oficialmente. Luego empezamos a vivir en esta casa con Momoko. Mi padre regresó a París en 1951, de modo que nos quedamos los tres solos. Yuriko era un ángel. Quería a Momoko como si fuera su propia hija. Llegó a quedarse embarazada en una ocasión, pero tuvo un aborto y ya nunca pudo volver a concebir. Murió sin haber tenido hijos. —En ese punto, Gorō se rio sin fuerzas—. Soy como un dios de la muerte. Todas las mujeres que se me arriman acaban muertas.

Sofocada, me levanté de la cama y me acerqué a la ventana. Al otro lado de la cortina, las gotitas adheridas al cristal resbalaban dejando un sinfín de surcos.

—Fue hace dos años —prosiguió Gorō—. Justo el año en que llegaste a esta casa. Chinatsu volvió a Japón después de haberlas pasado moradas y haber perdido a su marido por culpa de un cáncer en Estados Unidos. Nos reencontramos por medio de una amistad común. Ella no era la misma persona. Se había vuelto mucho más madura, supongo que por los golpes que le había dado la vida. Me imagino que yo también había cambiado. Al parecer, no había podido tener hijos en Estados Unidos y se había pasado todo el tiempo pensando en Momoko. Quizá te extrañe, pero cuando volví a verla me di cuenta de que no le guardaba rencor. Charlamos tranquilamente. Confirmamos que había llegado la hora de volver a estar juntos por Momoko. Como la niña estaba en una edad complicada, decidimos ir poco a poco. Una vez que nos casáramos y Momoko empezara a ver a Chinatsu como a una madre..., se lo confesaríamos todo.

Se me hizo insoportable la idea de que Momoko hubiera asesinado a su verdadera madre y yo, sin saberlo, no solo hubiera sido testigo del matricidio y no hubiera intentado salvarla, sino que además hubiera sido cómplice de la niña y la hubiera ayudado a eliminar el cuerpo de Chinatsu. Sacudí la cabeza con fuerza y me eché a llorar apretándome las mejillas con las manos. Sabía bien que no se me pasaría con llorar, pero no me quedaba más remedio que hacerlo. Si no lloraba, perdería el juicio en el acto.

—¿Qué pasa? —Gorō se levantó sorprendido y se acercó a mí—. ¿Qué te ocurre, Masayo?

—Yo... No me pasa nada —dije. Me sorbí los mocos, contuve el sollozo, y cuando intentó abrazarme, le aparté las manos—. No me pasa nada... —seguí repitiendo, y las palabras bailaron en el aire, se extendieron por toda la habitación como un fantasma, como el primer suplicio con el que Dios me castigaba. «Nada, no me pasa nada, nada...»

Salí corriendo de allí con la boca tapada. Noté que Gorō me seguía, pero no me detuve. Corrí escaleras abajo, atravesé varias puertas hasta llegar a la entrada y me precipité al exterior.

Fuera titilaban incontables estrellas esparcidas por el gélido cielo invernal. La valla blanca de la casa de los Kawakubo se había fundido con la oscuridad y, más allá, el resplandor de la zona residencial del ejército estadounidense, con esa luz melancólica similar a la de una ciudad vista de lejos. Olía a invierno... A como huele el heno frío y seco. Me detuve en medio del frío y de la oscuridad y me acuclillé temblorosa, presintiendo que la vida que me esperaba iba a ser en adelante igual de destemplada, oscura y sofocante que esa misma noche.

De aquello hace más de treinta años. Muchas cosas sucedieron entretanto. A los veintinueve, recibí un premio de cierto prestigio en el mundo de las bellas artes que abrió las puertas a muchos pintores. Aunque siempre he estado soltera y no he tenido la bendición de una familia, me he ganado bien la vida con la pintura. Mi estilo empezó a gozar de fama no solo entre una parte de los especialistas, sino también entre gente sin ningún vínculo con el arte, y mis dibujos se han usado en etiquetas de botellas de vino, posavasos e incluso en los calendarios que salen todos los años.

Gracias a ello, nunca he pasado apuros económicos. He sido y sigo siendo una pintora rica. Aunque no haya pintado ni un cuadro durante años, siempre hay alguien que usa una obra mía como imagen de algún producto y me ingresa en la cuenta corriente cuantiosas sumas de dinero por los derechos de reproducción; luego recibo una carta de agradecimiento y, al cabo de un tiempo, me llega la siguiente oferta.

Más de una vez, alguien del sector me ha criticado por envidia. En un semanal se rieron de mí, tratándome como a una pintora con pocas luces que se había vendido al mercado. Pero yo no le di ninguna importancia. A mí me daba igual cómo usasen mis cuadros. Me contentaba con poder pintar lo que quisiera cuando me apeteciese.

La gente nunca pierde la ocasión de decirme que soy una trabajadora nata, que he nacido bajo la estrella venturosa de la persona cuyos esfuerzos siempre fructifican, pero nadie mejor que yo sabe que eso no siempre ha sido así. Aquel invierno perdí mi pasión por la pintura. Jamás lograré volver a pintar cuadros con el fervor de antes, cuadros de colores muy vivos y composición torpe que eran pura pasión como los que pintaba todos los días en casa de los Kawakubo. Nunca podré pintar esos cuadros tan irregulares y alejados de la perfección que, sin embargo, tenían algo brillante.

Los cuadros que Gorō elogiaba podía pintarlos porque en esa época yo era quien era. Ese invierno perdí por completo la sensibilidad natural que llevaba dentro de mí.

Sería absurdo dármelas de artista y esforzarme en vano para intentar recuperar esa sensibilidad a sabiendas de que la he perdido para siempre y no podré volver a hacerme con ella. ¿El hecho de que me haya vendido al mercado tiene alguna repercusión negativa para la sociedad? Yo me he limitado a darle a la gente lo que me pedía y a distribuir mi obra sin hacer ruido, como la escritora que, incapaz de plasmar paisajes interiores, empieza a escribir novelas eróticas.

Me despedí de los Kawakubo un par de semanas después de aquel día de invierno, a mediados de marzo, con el comienzo de la primavera. En el jardín, el césped empezaba a verdear, los árboles echaban nuevos retoños y las hojas tiernas de la *shibazakura* comenzaba a brotar a lo largo de la valla.

Sé que Gorō me malinterpretó cuando, de improviso, le dije que quería dejar el trabajo de profesora particular. Seguramente pensó que haberme abrazado, besado y confesado su azaroso pasado aquella noche me había dejado traumatizada. Para él, yo era una muchacha que no sabía nada de la vida, tan inmadura como una manzana verde. Él creía que lo despreciaba y le temía por haber ido a mi habitación y haberse comportado de tal forma a esas horas intempestivas.

—Lo siento —me dijo en voz baja cuando entré en el taller, justo antes de marcharme—. Me gustaría que lo olvidaras.

—¿De qué me habla? —contesté yo alegremente.

Gorō me miró y sonrió nervioso. Yo me quedé mirando su cara. La luz primaveral se colaba por la ventana del taller tiñéndole de blanco la barba de varios días que le crecía en la barbilla, como la pelusa de un diente de león.

Yo admiraba, embargada por la emoción, el rostro de la persona a quien más amaba, de aquel a quien jamás olvidaría, pero él enseguida apartó la mirada de mí.

—Me encantabas, Masayo —dijo tras volver en sí, en parte exagerando, en parte fingiendo que bromeaba—. La próxima vez que nos veamos, puede que te pida la mano.

—Hágalo, por favor —le dije—. A mí también me encantaba usted.

—Es una pena que tengamos que despedirnos. —Se lamió ligeramente el labio superior, me sonrió y miró a lo lejos—. Es una pena, pero qué se le va a hacer.

—Tiene razón —dije yo.

Gorō quiso acompañarme a la estación, pero rehusé el ofrecimiento. Tampoco tenía tanto equipaje. Lo que no podía llevarme conmigo lo había empaquetado y enviado a mi casa de Hakodate.

Tras despedirme de él, salí por la puerta con el bolso colgado del hombro y me encontré a Momoko en el porche. Llevaba un jersey bermellón y una falda gris.

—¿Ya te marchas? —me preguntó. Yo asentí—. Entonces te vas de verdad.

—Lo siento, Momoko —dije, y la agarré de la mano.

Ella se soltó con suavidad. Me miró con cara enfadada, a punto de decir algo, pero al final debió de desistir y echó a andar sin decir nada.

Momoko se detuvo al otro lado de la puerta principal y se giró hacia mí. Tenía los ojos llorosos.

—No voy a olvidarme de ti, Momoko —le dije tranquilamente tras acercarme a ella—. Ni de las veces que jugamos en los trigales, ni de cuando pintamos en el bosque y otras muchas cosas. Jamás lo olvidaré.

—Tampoco te olvides de Lala. —De pronto hizo una mueca y rompió a llorar—. Nunca la olvides.

Se me empañaron los ojos, pero contuve el llanto. Tenía la impresión de que todo cambiaría si me echaba a llorar. Tenía que alejarme de Momoko. De lo contrario, yo también acabaría convirtiéndome en un diablillo. Me vería obligada a serlo el resto de mi vida.

—No la olvidaré, claro que no —dije inspirando profundamente—. Siempre vivirá en mi recuerdo, porque tú, Lala y yo hemos estado muy unidas. Hemos sido muy buenas amigas, ¿verdad?

Momoko se mordió el labio con fuerza. A lo lejos, hacia los trigales, una alondra soltó un trino agudo.

—Adiós —le dije—. Adiós, Momoko. Cuídate.

Momoko se enjugó las lágrimas bruscamente con la mano y, apretando los dientes con tanta fuerza que se le marcaban las venas del cuello, consiguió a duras penas dibujar una sonrisa débil.

—Adiós —me dijo.

Su actitud era encomiable. Momoko y yo seríamos cómplices de un crimen para toda la vida. Y una vez separada de mí, ella seguiría luchando sola contra su conciencia.

Le tendí la mano. Nos despedimos con un simple apretón.

Así fue como se acabó.

Si durante tanto tiempo no supe nada de Gorō ni de Momoko fue porque vivía lejos de Hakodate. Aunque pasé una temporada en mi casa después de haberme marchado de la de los Kawakubo, al cabo de medio año regresé a Tokio. Dado que apenas volvía a Hakodate, dejé de tener noticias de Mitsuko y de su madre, mis únicas fuentes de información sobre Gorō.

El año que cumplí los cuarenta me hablaron de él. Tras diez años sin saber nada de Mitsuko, recibí de repente una llamada suya. Se había casado, de manera concertada, con el hijo mayor de un sastre de renombre de Hakodate; tenía tres hijos y se había convertido en una señora robusta de mediana edad. El tono de voz que yo recordaba, tímido y afectuoso al mismo tiempo, no había cambiado; sin embargo, Mitsuko estuvo un buen rato despotricando por no haberle dicho mi paradero durante tanto tiempo.

—Te has convertido en una pintora famosa —me dijo—. Seguro que ya te habías olvidado de mí. He tenido que pedirle el número de teléfono a tu madre. ¿Por qué no vuelves unos días por casa? Tu madre está muy mayor, ya no rige como antes.

En esa época, mi madre se había instalado en casa de mi hermano y llevaba una vida de jubilada. Él estaba casado y tenía dos hijos.

Me disculpé vagamente por no haberme puesto en contacto con ella, pero la verdad es que me alegré muchísimo de que me llamara. Luego nos pusimos a hablar de cómo nos iba y nos olvidamos del tiempo.

—¿Recuerdas a aquella niña, Momoko? —me dijo Mitsuko en plena conversación, como si se hubiera acordado de repente—. Sí, mujer, la niña a la que le diste clases particulares, la hija de mi primo Gorō Kawakubo.

—Sí, es verdad, la niña —contesté yo, desconcertada.

—Pues esa niña... —Mitsuko bajó la voz— ha muerto.

Callada, apreté el auricular con fuerza. Mitsuko prosiguió:

—Sabrás que Gorō se marchó a París, ¿no?

—No, no lo sabía —respondí.

—Ah, ¿no? —dijo Mitsuko—. Pues estaban viviendo allí. —Volvió a bajar la voz—. Creo que fue cuando Momoko estaba en quinto de primaria. De pronto vendieron la casa de Itabashi y se marcharon juntos a París. Luego dejó de ponerse en contacto con nosotras y mi madre agarró un enfado tremendo. Decía que no era normal que ni siquiera le enviara una postal. Bueno, da igual, pero parece ser que... Momoko..., cómo te lo explico..., se puso mal de la cabeza. Estuvo internada mucho tiempo hasta que un día se murió. Fue ya hace cinco años. La pobre solo tenía veintitrés.

—¿Se suicidó? —pregunté con la voz enronquecida.

—Eso no lo sé —dijo Mitsuko—. De verdad que no lo sé. Gorō no nos dio más detalles, y desde entonces no ha vuelto a ponerse en contacto ni con mi madre ni con otros familiares.

—Ya —dije yo.

No seguí hablando. Quise preguntarle si Gorō había regresado o no a Japón, pero al final no lo hice. A Mitsuko debió de extrañarle que me quedase callada al aparato, aunque tampoco me preguntó nada. Ambas dijimos que teníamos ganas de vernos, prometimos hacerlo y colgamos.

Unos meses después, mi madre falleció. Aproveché que volvía a Hakodate después de bastante tiempo para quedar con Mitsuko y hablar de cosas del pasado. Pero el tema de Gorō y Momoko no salió a colación y yo no le pregunté nada.

Cuando regresé a Tokio, después de haber resuelto los trámites tras la muerte de mi madre, me mudé de vivienda sin avisar a la gente de Hakodate. Eso hizo que volviese a romper vínculos con Mitsuko, con lo cual me quedé sin nadie que pudiese informarme de Gorō.

Pasé mucho tiempo sin acabar de creerme que Momoko estuviese muerta. ¿Cómo iba yo a aceptar que hubiera exhalado el último aliento en un hospital extranjero? ¿Cómo iba a creerme que Momoko ya no estaba en este mundo?

Aún hoy, al cerrar los ojos, la recuerdo corriendo por los trigales, dando voces de alegría con la falda bailando al viento. Me acuerdo de su perfil pensativo mientras contemplaba el paisaje por la ventana de su habitación.

También recuerdo como si fuera ayer a Gorō en el césped florido de la casa de los Kawakubo, bromeando y contándole chistes a Chinatsu, rodeándole los hombros con el brazo mientras ella sujetaba un parasol como una Barbie, y recuerdo el jazz que sonaba sin tregua en el tocadiscos y se colaba por la ventana abierta de la sala de estar.

En medio de esa escena, siempre hay una gata blanca. Lala... Cada vez que pronuncio su nombre, me acuerdo del jardín lleno de luz de los Kawakubo, de las risas y todo lo que suponía aquella vida esnob, y entonces siento unos remordimientos incurables.

Sin embargo, aunque parezca raro, yo no salgo en mis recuerdos. Los únicos que están son Gorō, Momoko y Lala; yo me limito a observar desde el otro lado de la valla, como un demonio de rostro desdichado, esa felicidad tan fingida que da lástima.

El camino recorrido

(prefacio a la edición de bolsillo)

Viendo en perspectiva mi trayectoria de escritora, me he dado cuenta de que hay dos momentos claves en mi carrera.

El primero es entre 1989 y 1990. Fue entonces cuando creció en mí el deseo de apartarme del género de las novelas de misterio que había cultivado hasta la fecha.

La categoría «misterio» es en realidad muy amplia. Incluye el *hard-boiled*, las aventuras, las novelas de suspense psicológico, el terror... Yo me había centrado desde el principio en lo que se suele llamar «suspense psicológico», consistente en construir una historia a partir de perfiles psicológicos complejos.

En el suspense psicológico, una se centra más en el enredo y el choque de psiques que en que la historia en sí resulte entretenida. La trama surge una vez que la personalidad de los protagonistas está perfectamente definida. Es imprescindible escarbar en lo profundo del alma, yendo siempre hacia dentro en vez de expandir hacia fuera. En ese sentido, ahora me doy cuenta de que quizá deba referirme a lo que escribía como novelas psicológicas más que novelas de misterio.

Cuando trabajas en una obra de misterio, tienes que someterte a las distintas convenciones. Se debe aderezar la historia con presagios o insinuaciones que mantengan vivo el suspense. Además, es vital que la estructura de la obra sea minuciosa y rigurosa para ofrecer al lector la misma sensación de satisfacción que se tiene cuando se resuelve una ecuación. Si la autora deja correr la pluma y se explaya, la obra pierde el hilo y puede acabar echando a perder una historia de misterio que, de otro modo, habría sido excelsa.

En las obras de misterio prima ante todo el desenlace. No hay nada peor que un final tibio y ambiguo que repela al lector. Sin un aterrizaje convincente, la novela pierde su sentido.

Creo que ser consciente de todas esas cosas fue precisamente el motivo por el que me entraron ganas de «desviarme» del género de la novela de misterio. Ansiaba escribir lo que a mí me apeteciera, sin someterme a las convenciones de la realidad ni a ninguna otra restricción; me apetecía disfrutar del proceso que conduce al aterrizaje sin preocuparme por cómo va a ser el final.

Sin embargo, no tuve el valor de publicar algo que rompiese por completo con la imagen de lo que había escrito hasta entonces. Lamentablemente, mi carrera como escritora todavía era corta y me faltaba coraje.

Aun así, me dije que, con tesón, acabaría consiguiendo algo. No necesitaba cambiar de método de manera radical para crear otro universo narrativo. La única solución era tener fe e intentarlo.

En julio de 1990, la editorial Shūeisha publicó *Mubansō* ['A capela']. Fue la primera obra en la que intenté alejarme del género de misterio. Por así decirlo, fue mi primera novela sin género.

Y en septiembre del mismo año, Hakusuisha publicó *Momoko y la gata*. Por aquella época, la editorial había lanzado un proyecto con el título «El reino de las historias» y estaba encargando obras a varios autores. No había límite de extensión y daban libertad tanto de tema como de género.

Me dijeron que escribiese sobre lo que más me apeteciera en ese momento, así que me lancé de lleno. Me planteé el reto de escribir una obra que fuera, en cierto sentido, de un tipo nuevo y en la que la presencia del misterio fuera liviana.

El original me ocupó unas trescientas y pocas páginas de formato japonés. En esa ocasión sí que di rienda suelta a mi pluma con el propósito de hacer algo ligeramente más largo que una novela corta.

Como es natural, la estructura de la historia ya estaba decidida de antemano, y también empleé recursos del género de misterio con los cuales ya estaba familiarizada. Ni escribí lo primero que me vino a la cabeza ni me explayé sin control.

Pero mientras escribía, la obra me entusiasmó de tal modo que tuve la impresión de que nunca había disfrutado tanto con la escritura. Tenía la sensación de estar escribiendo realmente a gusto. De estar plasmando el mundo que quería tal como lo deseaba, tal como lo imaginaba.

Ese entusiasmo era el mismo que me había acompañado durante la creación de mi obra previa, *Mubansō*. Esa sensación de libertad me hizo muy feliz. Puedo decir sin lugar a dudas que las dos obras mencionadas fueron las primeras con las que conocí la verdadera dicha de escribir.

El segundo momento clave tuvo lugar cuatro años más tarde. Entre 1994 y 1995. Fue un período en el cual deambulé a oscuras.

Por más que escribía, no obtenía ninguna reacción de mis lectores. En esa época, aunque una pequeña parte de los editores apreciase mi trabajo, no sabía de qué manera mi obra estaba llegando al corazón del lector.

Pese a que *Mubansō* y *Momoko y la gata* habían sido un soplo de aire fresco en mi vida, empecé a volver a columpiarme entre las obras de misterio y la típica novela contemporánea. Más o menos tenía claro el perfil de lo que quería escribir, pero este se desvanecía al ponerme a ello, como la arena cuando se derrama de la palma de la mano.

Sabía que lo estaba haciendo mal, pero no podía remediarlo. No se trataba de un mero bache que se pudiera superar recurriendo a técnicas literarias. Era algo más profundo... Un bache que ponía en jaque mi propia esencia como autora.

No me detendré aquí en ello porque es algo sobre lo que ya he escrito con detalle en prefacios y breves ensayos de otras ediciones de bolsillo. Sea como sea, pasado ese bache que se prolongó años, nació la que considero mi mejor obra: *Koi* ['Amor']. Con esta novela tuve la suerte de ganar el premio Naoki de ese año, pero, más que recibir un galardón literario con tanta historia detrás, lo que me alegró de verdad fue haber podido superar algo tan mayúsculo.

Me siento rara al pensar que he llegado aquí después de haber pasado por esos dos grandes momentos más o menos decisivos. Imagino que no solo me ha ocurrido a mí; que todos los escritores pasan por esos momentos, los superan y vuelven a toparse con otros. Y que así seguirá siendo en el futuro.

Ahora que, después de tanto tiempo, he vuelto a leer *Momoko y la gata* en esta nueva edición de bolsillo que ha publicado Shūeisha, me he replanteado la cuestión. En efecto, aunque tenga el armazón de una obra de misterio, marca un antes y después en mi carrera.

Cuando tenía cuatro o cinco años, viví cerca de un complejo residencial del ejército estadounidense en las afueras del área de Itabashi, el escenario de esta obra. Debió de ser en 1956. Mi hermana aún no había nacido, y vivíamos allí los tres: mis padres y yo. Residíamos en uno de los bloques de viviendas de estructura horizontal para los empleados de la empresa, con un jardín precioso cubierto de césped. La zona estaba rodeada de bosque, y cerca de allí había trigales verdes como los que describo en esta obra.

Al escribir intenté reproducir el paisaje que de pequeña grabé en un rincón de mi memoria, pero en mi vida no ha habido ninguna niña como Momoko ni ninguna gata blanca como Lala. Excepto el paisaje, todo lo demás es fruto de mi imaginación.

Esta obra fue publicada primero por Hakusuisha y más tarde por Shinchōsha en edición de bolsillo. Ahora es Shūeisha la que saca la segunda edición de bolsillo. Aprovecho esta ocasión para expresar el deseo de que Momoko y Lala sigan viviendo en el corazón de muchos más lectores.

MARIKO KOIKE,
Karuizawa, octubre de 2004, en pleno otoño

Índice

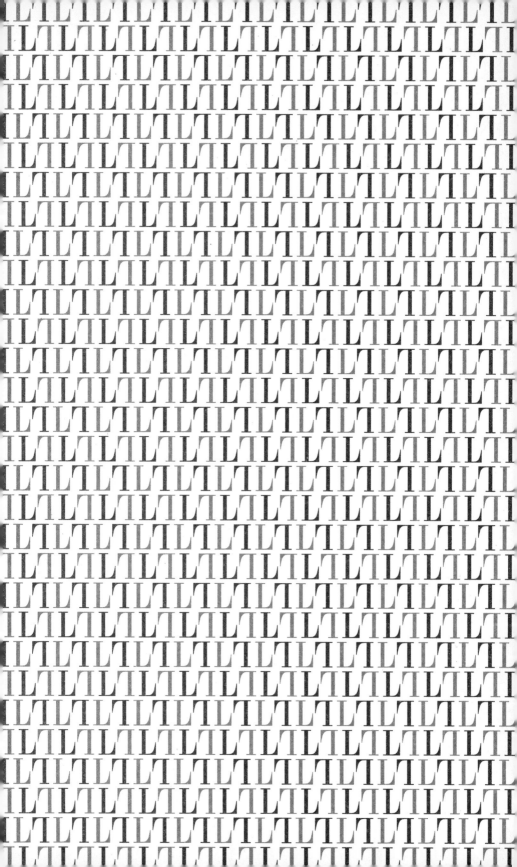